KB008193

나의 목소리가 들려

진정한 신사였던 아버지께 바칩니다.
아버지의 부드러운 목소리와 지적 호기심, 너그러운 마음이
언제나 그립습니다.

나의 목소리가 들려

헤나 칸 지음 강나은 옮김

 씨드북

목차

1. 이름   7

2. 큰아버지와 3개월을?   18

3. 중학생이 되지 않았다면!   30

4. 라비야와 연습처럼 찍어 보다   38

5. 일요 학교의 안내 방송   46

6. 요란한 손님맞이 준비   52

7. 수진이네 집   63

8. 수진이와 수전이   69

9. 큰아버지를 만나다   72

10. 어려운 큰아버지   76

11. 불편한 에밀리의 고백   84

12. 안 이를 거야, 오빠   94

13. 음악은 시간 낭비라고?　　103

14. 큰아버지에게서 숨다　　107

15. 네 음악은 아주 멋져　　110

16. 에밀리의 비밀　　116

17. 내 말 좀 들어 봐, 수진아　　119

18. 코란의 후마자 장　　129

19. 마음이 가벼워지는 대화　　135

20. 한밤중에 무슨 일이?　　139

21. 믿기지 않는 일　　143

22. 혐오라는 말의 힘　　152

23. 절망이 데리고 온 희망　　157

24. 코란 낭송 대회　　167

25. 변화는 오고 만다　　175

1. 이름

뭔가 뾰족한 게 옆구리를 찔렀다.

"네가 한다고 해."

음악 시간, 내 뒷자리에 앉은 수진이가 속삭인다. 나는 고개를 저었다. 여러 사람 앞에서 노래를 부르는 건 생각만 해도 속이 울렁거리는 일이니까.

하지만 수진이는 물러서지 않았다.

"너처럼 노래 잘하는 애가 해야지."

나는 잠시 수진이의 칭찬을 음미했다. 우리 학교에서 내가 노래를 잘한다는 걸 아는 유일한 아이가 수진이다. 화요일마다 우리는 전날 본 노래 경연 프로그램 〈더 보이스〉에서 다음 주에 살아남는 건 누구일지 토론한다. 그 토론은 늘 내가 어느 참가자보다도 노래를 잘하고, 언젠가는 나도 그 경연 프로그램에 나가 봐야 한다는 수진이의 주장으로 끝난다. 하지만 수진이가 미처 생각하지 못한 게 있다. 설사 무슨 기적이 일어나 내가 관객 앞에 선다 해도, 결국 난 입도 뻥긋하지 못하리라는 것이다. 내가 또 고개를 젓자 수진이가 좀 더 커진 목소리로 말했다.

"그러지 말고 좀 해 보라니까."

"거기, 지원자 있어서 그렇게 떠드는 거야?"

교실 앞 홀리 선생님이 두 눈썹을 올린 채 우리를 빤히 보았다.

"아아!"

내가 내뱉은 소리다. 수진이의 연필이 또 내 옆구리를 찔러서다.

"정말 할 거야, 아미나? 네가 독창해 볼래? 1970년대 모타운 사운드 (1960년대부터 세계적인 히트곡을 탄생시킨 미국의 솔 전문 레이블. 일반적으로는 60년대 음악을 가리키는 말이다.) 곡은 어때?"

모두가 바라보는 가운데 나는 앉은 키를 낮추고 대답했다.

"아니에요, 선생님. 저는 그냥 합창할게요."

"그래, 알았다."

홀리 선생님은 어깨를 으쓱했다. 선생님의 찌푸린 표정은 이내 열정 넘치는 초등학교 1학년생처럼 손을 흔드는 줄리를 보며 원래대로 돌아왔다. 늘 주목 받기를 좋아하는 줄리는 노랫소리가 어마어마하게 크다. 음정이 정확하지 않아도 목소리만 크면 된다고 생각하는 듯이 말이다. 줄리가 음악 시간에 노래를 부를 때면 나는 늘 수학 문제를 풀고 있을 옆 반 아이들이 걱정된다. 그래도 줄리의 그 배짱만은 부럽다. 내게 그 반만이라도 있었으면 좋겠다.

"겨울 음악회까지 준비 기간은 두 달뿐이라는 거 기억해, 다들. 이거 중요한 행사다."

수업 종이 울린 후 점심을 먹으러 교실을 빠져나가는 우리에게 선생님이 외쳤다.

"아니, 왜 지원을 안 하냐?"

수진이는 불평하며 식탁에 앉았다. 새 학년이 시작된 지 3주밖에 안 됐지만, 학교 식당에서 이 자리는 거의 우리 지정석이 되었다.

"네가 여태 숨긴 보물을 모두에게 보여 줄 수 있는 큰 기회인데."

이건 분명 지난 일요일 밤 〈더 보이스〉에서 팔뚝에 문신이 가득한 심사위원 애덤이 키 큰 빨간 머리 여자아이에게 한 표현이라고 내가 지적하자 수진이는 말했다.

"나 진지해. 이제 존 핸콕은 잊을 때가 됐어."

그 이름을 듣는 것만으로도 내가 초등학교 2학년 때부터 망각의 방에 가둬 두려 애쓴 기억이 되살아났다. 미국의 독립을 다룬 학급 연극에서 존 핸콕 역할을 맡은 내 대사는 한 줄이었다. "나는 이제 큰 글씨로 자랑스럽게 서명을 하겠습니다." 하지만 실제 연극에서 나는 관객을, 수많은 얼굴의 바다를 쳐다보다가 굳어 버리고 말았다. 세상이 그대로 멈추어 내가 말하기만을 끝도 없이 기다리는 듯했다. 그래도 나는 입을 열 수가 없었다. 마침내 연극을 지도한 실버 선생님이 뛰어들어서 대신 말해 주었다. 존 핸콕이 목소리를 잃어서 글씨를 그만큼 더 커다랗게 쓸 것이라는 농담을 더해서 말이다. 관객들은 웃고 연극은 계속되었지만 내 얼굴은 불타올랐다. 무대 옆쪽에서 루크와 그 친구들이 비웃던 소리가 아직 생생하다.

"그게 벌써 언제적 일이야! 우린 이제 중학생이잖아. 그 일은 그만 잊을 때가 됐어."

수진이는 마치 홀리 선생님이 지휘하는 우리 학교 음악회 〈과거에서 불어온 바람〉에서 내가 독창을 하느냐 마느냐에 내 중학교 생활이 걸려 있기라도 한 듯 한숨을 쉬었다. 실은 수진이 말에 꽤 동의한다는 것, 그리고 사실 그 독창이 무척 하고 싶다는 것을 나는 티 내지 않았다.

"근데 나 하이디처럼 보여?"

수진이가 물었다. 나는 한입 가득 문 샌드위치를 씹으며 나를 보는 이 아이가 나의 열세 살 한국인 단짝 친구가 아니라, 스위스 만화 주인공이나 유명 슈퍼모델이 떠오르는 하이디란 이름의 아이라고 상상해 보았다.

"아니, 별로. 왜?"

"그럼 제시카는 어때? 나 제시카 같아 보여?"

"아니, 그런 건 왜 묻는 건데?"

"아, 알겠다."

수진이가 흐트러져 버린 샌드위치를 대충 집어 먹었다. 어느새 샌드위치 절반쯤이 사라졌다. 내가 아는 사람 중에 수진이처럼 빨리 먹는 사람은 없다. 이건 우리가 정반대인 점 중 하나다. 나는 아무리 다 먹으려고 애를 써도 항상 점심을 남긴다.

"뭘 알아?"

"멜라니! 그래, 멜라니야. 나랑 잘 어울리는 이름. 멜라니, 좋잖아."

까맣고 긴 머리카락을 어깨 뒤로 휙 젖히더니 수진이는 나를 처음 만나는 사람처럼 말했다.

"안녕? 난 멜라니라고 해."

"너 왜 이래? 어디 아픈 거 아니지?"

수진이가 삐친 시늉을 했다.

"그냥 말해 줘. 나 누구 같아?"

"수진이."

나는 천천히 대답했다. 남은 샌드위치 반쪽을 다시 가방에 넣고 미니 프레첼을 꺼냈다.

"너는 딱 수진이 같아."

수진이는 또 한 번, 아주 크게 한숨을 쉬었다. 꼭 자기 여동생이 우리에게 같이 놀자고 조를 때 쉬는 한숨과 비슷한데, 요즘 나한테 저 한숨을 점점 더 많이 쉬는 것 같다. 중학생이 되고 난 다음부터 말이다.

"그거야 너는 나를 수진이란 이름으로만 알았으니까 그렇지, 아마나."

"그렇지. 내 말이 그 말인데."

"무슨 말?"

낯익은 목소리가 이렇게 물었다. 뒤를 돌아보니 식판과 '나는 플라스틱이 아니에요'라고 쓰인 커다란 금속 물병을 든 조그마한 금발의 여자아이가 서 있다. 에밀리다. 에밀리의 초록색 눈과 조그만 코를 보면 난 우리 이웃집의 화 잘 내는 고양이, 스모키가 생각난다.

"아무것도 아니야."

나는 에밀리에게 대답했다. 그러고는 에밀리가 늘 밥을 함께 먹는 줄리 무리 쪽으로 어서 가던 길을 가기를 기다렸다.

"무슨 얘기 하고 있었어?"

에밀리가 다시 묻자, 나는 수진이가 대답하길 기다렸다. 수진이라면 에밀리가 종종걸음으로 떠나게 만들 말을 할 수 있을 테니 말이다. 에밀리나 줄리가 우릴 겨냥할 때면 나는 늘 꿀 먹은 벙어리가 되지만, 수진이는 자기 생각을 고스란히 말하는 데 어려움이 없다.

그런데, 수진이가 이렇게 대답했다.

"내 새 이름 뭐로 할까 고르고 있었어."

"새 이름을 고른다고? 그럴 이유가 있어?"

에밀리가 가지 않고 또 질문을 했다. 나는 에밀리가 어서 가길 바라면서도 그 질문의 답을 듣고 싶었다.

"응, 나랑 우리 가족이 곧 정식으로 미국 시민이 되거든. 그 참에 이름을 바꾸려고."

"잠깐만. 그럼 넌 미국인도 아닌 거야?"

에밀리가 물었다. 당황스럽다는 목소리다.

"뭐? 이름을 바꾼다고? 왜?"

내가 물었다. 수진이의 말을 잘못 들은 게 분명하다고 생각하며.

수진이는 머리를 가다듬고 탄산 주스를 조금 마신 다음 크게 숨을 내쉬었다.

"우리 가족은 내가 다섯 살 때 한국에서 여기로 이민을 왔고 아직은 미국 시민권을 못 받았어. 그런데 이제 받는 거야, 곧. 그래서 내 이름을 바꿀 거야. 아직 새 이름을 못 골라서 문제지."

"아, 나 너한테 진짜 잘 어울릴 이름 알아."

에밀리가 식판을 우리 앞에 턱 내려놓더니 마치 재미난 비밀을 알려 주기라도 할 것처럼 미소를 짓고 이렇게 말했다.

"피오나."

나는 코웃음을 치고 물었다.

"피오나? 그 슈렉에 나오는?"

"아니, 우리 삼촌이 사귀는 스코틀랜드인 여자친구 이름이 피오나라서. 진짜 예뻐."

나는 수진이에게 눈빛 신호를 보냈지만 수진이는 알아채지 못했다. 오히려 진지하게 피오나를 고려해 보는 표정이다. 마치 가능성 있는 후보이기라도 한 것처럼. 더군다나 에밀리가 제안한 이름인데!

그때 에밀리가 갑자기 내 옆자리로 밀고 들어오기 시작했다. 처음에는 가만히 버텼지만 더 있다간 에밀리가 내 무릎에 앉을 지경이라서, 그리고 수진이는 아무 말도 없어서 나는 에밀리가 겨우 앉을 정도만 남기고 옆으로 물러났다. 그러고는 식탁 위로 몸을 숙이고 수진이를 뚫어져라 쳐다보았다.

'에밀리가 왜 우리랑 같이 앉아?'

에밀리는 수진이가 3학년 때 뉴욕에서 그린데일로 전학을 오기 전부터 줄리와 친해지려고 안간힘을 썼다. 우리 엄마가 알았으면 에밀리를 줄리의 참치라고 표현했을 것이다. 우르두어로 참치가 숟가락이란 걸 생각하면 말이 안 되는 것 같지만, 아첨꾼이라는 뜻도 있다. 에밀리가 줄리에게 늘 하는 것이 바로 아첨이었다. 이상한 농담에 괜히 크게 웃기도 하고 줄리가 다른 아이들을 말로 깔아뭉갤 때 곁에서 거들기도 했다. 다른 아이들이라 함은…… 대체로 수진이와 나였다.

"피오나라……."

수진이가 곱씹었다.

"좀 괜찮네."

"네 생각엔 어때? 마음에 들어?"

에밀리가 내게 물었다. 나는 더듬거리며 대답했다.

"아니……, 음……. 나는 모르겠어. 넌 수진이가 진짜 피오나란 이름이랑 어울린다고 생각해?"

"에이, 어떤 이름이든 수진이가 원하는 이름이면 어울리지. 안 그래?"

에밀리는 다시 수진이를 보았다. 내 얼굴은 달아올랐다.

"수진인 게 좋지 않아?"

나는 낮은 목소리로 내 단짝에게 물었다. 에밀리가 듣기 어렵도록 식탁 위로 몸을 숙여서.

"평생 수진이었잖아. 익숙한 네 이름 아니야?"

나는 초등학교 때부터 우리 둘을 묶어 주는 것이 아니었느냐는 이야기도 꺼내고 싶었다. 사람들이 제대로 발음을 못해서 쩔쩔매는 이름을 가진 건 5학년 때 올레잉카가 전학 오기 전까지 수진이와 나뿐이었다. 그러니까 우리의 이름은 우리 둘만이 공유하는 것 중 하나였다.

"정말 이해가 안 돼, 아미나? 다른 사람은 몰라도 넌 이해할 줄 알았어. 새로 만나는 사람들마다 내 이름을 발음하지 못해서 헤맬 때의 기분 말이야."

수진이는 또 한숨을 내쉬었다. 이번엔 내가 그 한숨을 번 것 같은 기분이다. 이유는 모르겠지만.

내 이름을 지을 때 여러 후보가 있었는데, 엄마는 그중 미국 사람들이 발음하기 제일 쉬울 것 같은 이름을 골랐다고 이야기했다. 하지만 엄마의 판단은 틀렸다. 그 화 잘 내는 고양이를 키우는 옆집 사람들은 5년이나 우리 이웃으로 살았으면서 아직도 날 아미나가 아니라 '아멜리아'라고 부른다. 내 성, 코카르는 뭐 말할 것도 없다. 나 스스로도 아홉 살쯤까지는 제대로 못했을 정도로 어려운 발음이다. 나는 발음을 고쳐 주는 일도 계속 하면 상대방이 민망할 것 같아서 두 번 이상 틀리면 그냥 부르고 싶은 대로 부르게 내버려 둔다.

그런 내 마음을 이해하는 아이는 우리 학교에서 수진이뿐이다. 임시교사가 올 때마다 출석 부르는 시간이면 "어······. 이 이름은 어떻게 발음하지?" 하고 묻고, 그럴 때면 수진이가 '또네, 또야.' 하는 표정을 짓고 있다는 것을 나는 안 봐도 안다. 누가 나를 아네미아(빈혈이라는 뜻 - 옮긴이)라고 불렀던 이야기는 둘 중에 누가 꺼내기만 해도 한참을 키득거린다. 그런데 그런 수진이가 갑자기 더는 수진이가 아니라 피오나나 하이디가 되고 싶다고?

중학생이 되어서 그런 걸까?

"또 마음에 드는 이름 있어?"

에밀리가 물었다. 이 대화에 흠뻑 빠져, 축 늘어진 그릴 치즈 샌드위치

15

는 손도 대지 않은 채 말이다. 수진이는 여태 생각해 본 이름들을 에밀리에게 나열했고 나는 등받이에 기대어 프레첼을 씹었다.

"오오, 멜라니도 좋은데."

에밀리가 말했다. 둘의 대화를 보고 있으니 어쩐지 누가 식당 히터를 갑자기 세게 튼 것 같은 느낌이다.

"수진이도 예쁜 이름이야. 내가 익숙해서 하는 말이 아니야."

나는 되도록 아무렇지 않은 듯 말하려 했다. 수진이 아닌 이름으로 너를 부르는 건 상상도 안 되고, 그러면 꼭 사기꾼에게 이야기하는 기분일 거라고도 말하고 싶었지만 하지 않았다. 수진이가 듣고 싶은 말이 아닐 것 같으니까.

수진이 표정이 부드러워졌다.

"고마워. 원래 이름 두 개 쓰는 한국 사람들 많아. 한국 이름 하나, 영어 이름 하나."

"그렇지. 그래도 너 전에는 생각 없었잖아. 왜 갑자기 새 이름을 갖고 싶은 거야?"

"늘 다른 이름 하나 있었으면 했어. 그리고 우리 가족 전부 지금 새 이름을 고르고 있어."

수진이의 아버지는 이미 조지라는 이름을, 어머니는 메리라는 이름을 쓰고 있었기에 정식으로 시민권을 받으면 그 이름들도 정식 이름이 되는 것뿐이다. 나는 목이 메려는 것을 꿀꺽 삼키며 물었다.

"나는 너 계속 수진이라고 불러도 돼?"

"중학교 다니는 동안에 다들 나를 새 이름으로 부르고 그 이름에 익숙해졌으면 좋겠어. 고등학교 들어갈 때쯤 되면 그 이름이 자연스럽게 받아들여지게 말이야. 다들 새 이름 부르는데 내 단짝 친구만 안 불러 주면 좀 이상할 거야."

수진이는 기대 어린 얼굴로 내 얼굴을 들여다 보았다.

"새 이름으로 불러 줄 거지?"

"응, 그럴게."

나는 거짓말 손가락 대신 신발 속 발가락을 꼬면서 말했다. 난 부를 수 있을 때까지는 계속 수진이라고 부를 것이다. 샌드위치 반 개와 미니 프레첼, 쿠키 세 입이 들어간 배 속이 다시 울렁거리기 시작한다. 수진이가 빈 도시락 통을 가방에 넣었고, 나는 수진이가 도대체 왜 이러는 것인지 실마리를 찾는 눈으로 바라보았다. 딱히 이유를 설명할 수는 없지만 어쩐지 수진이가 지금 버리려는 것은 이름이고, 다음은 나일 것 같다는 걱정이 들었기 때문이다.

2. 큰아버지와 3개월을?

아빠 차가 음악 학원 앞에 천천히 멈추는 것을 보며 나는 악보를 집어넣었다.

"아주 잘했어, 아미나. 다음 주에는 새 곡 정하자."

커클먼 선생님은 내가 토니 프리츠 음악 학원의 누렇게 바랜 피아노 건반을 두드린 6년 동안 한결같이 본 미소를 오늘도 지었다. 내가 수업을 받기 시작한 지 얼마 지나지 않았을 때, 선생님은 우리 부모님에게 내가 절대 음감이라고 알렸다. 내가 소리를 듣기만 해도 음정을 완벽히 알아챌 수 있다고 말이다. 엄마 아빠는 얼마나 좋아했는지 모른다. 특히 자기 자식들 이야기에 '완벽'이라는 단어가 들어가면 참 좋아하는 아빠가.

"우리 기타, 기분은 어때?"

뒤차가 경적을 울릴 틈 없이 재빨리 뒷좌석에 올라탄 나에게 아빠가 물었다. 아빠가 나를 '노래'라는 뜻의 기타라고 부르는 이유는, 내가 갓난아기 때 우는 소리조차 아빠가 좋아하는 발리우드 영화 〈무슨 일이 일어날 거야Kuch Kuch Hota Hai〉의 주제곡과 비슷했기 때문이란다.

"엄청 배고파요. 엄마는요?"

보통 엄마가 나를 데리러 온다. 아빠 일과는 자꾸 바뀌어 예측하기 어렵기 때문이다.

"'학부모 초대의 밤'에 갔지. 우리도 지금 거기로 간다."

"우리요? 거기 저는 가는 거 아닌데. 부모님들만 가시는 행사예요. 나 집에 먼저 데려다주시면 안 돼요?"

아빠는 고개를 저었다.

"안 돼, 그럴 시간이 없어. 너는 복도에서 기다리면 되지, 뭐 어때."

학부모 초청 행사에 혼자 학생으로서 끼면 너무 민망할 거라고 설명하고 싶지만 해 봤자 아빠는 미국 밀워키에서 20년을 살고도 남아 있는 우르두어 억양 섞인 영어로 "민망해? 이게 왜 민망해? 이해를 못하겠다. 남들 생각에 왜 그리 신경을 써?"라고 할 게 뻔하다.

"아빠는 안 가셔도 돼요. 엄마가 이미 가 계신 걸로도 충분해요. 아빠 피곤하시잖아요."

"엄마가 나한테 오라고 했다. 이제 30분밖에 안 남았어. 간다."

나는 더 말하기를 포기하고 의자에 푹 눌러앉았다. 부루퉁한 표정을 눈치 보지 않고 지을 수 있으니 아빠가 나를 조수석에 앉지 못하게 하는 게 처음으로 마음에 든다. 5개월만 지나면 열네 살이 되니 그 자리에 좀 앉게 해 달라고 내가 아무리 졸라도 자신이 일하는 병원의 외상 병동에서 에어백 사고 이야기를 너무 많이 들은 아빠는 꿈쩍도 하지 않았다. 나는 아직 에어백에 붙은 경고 스티커에 제안된 적정 연령이 되지 않았기에 위험해서 그 자리에 앉을 수 없다는 것이다. 어쩌면 날 아기용 보조 의자에 앉히지 않는 게 다행인지도 모른다.

우리가 학교에 도착하니 세 가지 수업의 안내가 아직 남아 있었는데, 한 수업당 10분밖에 주어지지 않아서 그렇다. 그중 마지막 수업을 설명한 가드너 선생님은 아빠와 나는 여기 안 왔더라면 좋았으리란 생각을 나보다 더 했을지도 모른다. 아빠가 늦게 온 것을 만회하려는 듯 질문을 멈추질 않았던 것이다.

"그러면 그 실험 수업들에는 실험실 실습도 포함된 겁니까, 선생님?"

다른 학부모들이 의자에서 엉덩이를 들썩이고 전화기를 확인하기 시작했다. 나는 아빠를 좀 조종해 주길 바라는 마음으로 엄마를 애타게 쳐다보았지만, 엄마는 딸 교육에 대한 남편의 관심이 자랑스럽기만 하다는 듯 환히 미소 짓고 있었다.

"그러면 오늘 학부모 초대의 밤 순서를 모두 마치겠습니다."

가드너 선생님이 아빠의 질문에 대답한 후 또 올라오는 아빠의 손을 무시하면서 말했다.

"모두 참석해 주셔서 감사합니다. 새 학기가 시작된 후 지금까지 3주간의 수업이 성공적으로 진행되어 왔습니다. 혹시 질문이 더 있으시다면 이메일을 이용해 주시길 부탁드립니다."

서둘러 교실 뒷문으로 다가간 선생님은 벽장에서 가방을 꺼내 들고 우리를 차례로 문밖으로 내보냈다.

"선생님들 좋으신 것 같구나. 그런데 네가 해야 할 일이 아주 많겠어."

돌아오는 길에 아빠가 말했다. 집 앞에 차를 댄 후, 아빠는 또 진지함이 어린 까만 눈으로 나를 보며 말했다.

"중학교에서는 반드시 아주 열심히 해야 한다. 네 오빠 어떻게 되었는지 봤지?"

오빠는 초등학교 때 공부를 아주 잘했다. 하지만 중학교에 입학한 후 성적이 죽 내려갔다. 그리고 올해 고등학교에 입학한 오빠는 저녁 식탁에서 자주 학업에 '진지하게 임해야' 한다는 훈계를 듣는다. 그리고 며칠 전 밤, 내가 자는 줄 알고 이야기를 나누던 엄마 아빠는 오빠가 '미국 애들처럼 통제불능'이 되어 간다고 표현했다.

"안녕, 여러분."

엄마 아빠와 내가 집으로 들어오자 오빠가 인사했다.

"우리가 '여러분'이냐? 부모한테 제대로 인사하기가 그렇게 어려워?"

내가 신발을 벗어 치워 놓는 사이에 엄마는 말했다. 엄마는 우르두어 억양도 아빠보다 덜 남았고 피부색도 더 밝아서 사람들은 엄마가 파키스탄 사람이라는 것을 잘 눈치 채지 못한다.

나는 영어의 여러분이 우르두어의 '소'와 같은 발음인 게 떠올라 씨익 웃었다. 엄마는 저녁밥을 데우러 부엌에 가고 오빠는 내게 윙크를 했다. '오빠가 기분이 좋은 모양이네. 오늘 저녁 식탁은 평화로울지도 모르겠다.'

모두 식탁에 모여 앉을 때 오빠가 내게 물었다.

"학부모 초대의 밤은 어땠어? 너희 담임은 누구야?"

"빅슬러 선생님."

나는 놀란 표정을 숨기지 않고 대답했다. 나에 관해, 내 생활에 관해 오빠가 관심을 보이는 일도 다 있나 싶어서 말이다. 평소 내가 볼 수 있는 오빠 모습은 텔레비전 보는 모습, 아니면 친구들과 문자를 하거나 나를 지나쳐서 자기 방으로 들어가는 모습 따위가 전부다.

"새로 온 분인가? 나 다닐 때 못 만나 본 것 같은데."

밥을 먹으며 또 묻는 오빠에게 내가 대답했다.

"응, 작년에 새로 오셨을걸."

우리 담임 선생님과 오빠가 아는 사이였다면 나는 첫날부터 선생님께 이런 질문을 받았을 것이다.

"어, 너 성이 코카르야? 무스타파 동생이니?"

성만 보면 누구든 우리가 남매라는 걸 짐작할 수 있으니 많이 받는 질문이다. 그런데 오빠를 가르쳤던 선생님이 "오빠 요즘 어때?" 하고 묻는다면 난 뭐라고 대답해야 할지 알 수가 없다. 과학 시험에서 C를 받았다는 이야기나 엄마 아빠에게 말대꾸를 하다가 지난 2주간 외출 금지를 당한 일 따위는 어느 선생님도 듣고 싶은 대답이 아닐 것 같아서 말이다. 그래서 그냥 "오빠는 잘 있어요."라고 대답한다.

"너 숙제는 다 했어?"

엄마가 물었다.

"학교에서 했어요. 걱정하지 마세요."

오빠가 병아리콩 마살라를 입에 가득히 넣고 우물거리며 대답했다. 내 취향과 달리 양파가 너무 많아서 나는 난으로 내 접시의 병아리콩 마살라를 이리저리 밀기만 했다. 그냥 내가 점심 때 남긴 땅콩버터 샌드위치를 먹었으면 좋겠다고 생각하면서.

"A로 꽉 찬 성적표 받아 오면 걱정 안 하지."

아빠가 말했다. 특별히 진지할 때 그러듯이 헛기침도 섞어서.

"이제 고등학생이잖냐, 무스타파. 너 장난치는 게 아니라고."

"알아요, 아빠. 고등학교 시작된 지 얼마 되지도 않았는데, 너무 그러
지 마세요."

오빠가 포크를 내려놓고 고개를 숙였고, 나는 또 두 사람의 언쟁이
이어지겠구나, 하고 마음의 준비를 했다.

하지만 아빠는 그저 음식을 깨끗이 마저 먹었고, 오빠는 의자에서 일
어나더니 식탁 위 빈 그릇들을 싱크대로 가져갔다. 그러고는 소파로 돌
아가는 게 아니라 주전자에 물을 받았고, 차를 타려는지 차이 찻잎이
든 깡통을 꺼냈다.

'뭘 원해서 저러는 거지?'

"저, 제가 오늘 지도 상담 선생님과 대학 상담을 좀 했는데…….
제가 수업 외 특별 활동을 좀 하는 게 좋겠다고 하세요."

오빠는 접시들을 물에 담그면서 말했다.

"그래, 수학 동아리나 과학 동아리 추천하시더냐? 그런 데가 의대 가
는 데 아주 도움이 될 것 같은데."

"아니요. 저는 사실 농구팀을 생각하고 있어요."

"농구팀? 그건 안 돼. 왜 하필 농구냐? 옆집 티모시네 아들은 체스
동아리 회장이라던데 너도 그거 해 보지 그러냐?"

"저는 체스가 아니라 농구를 잘해요, 아빠. 체육 선생님도 저더러 우리 학교 대표팀 1학년 선수로 뽑힐 가능성이 꽤 있다고 하셨어요."

아빠는 눈썹을 찌푸리고 말했다.

"농구는 공부에 방해가 돼. 성적이 무엇보다도 우선순위여야 한다."

"상담 선생님은 좋은 대학 들어가려면 다방면에서 잘하는 게 좋다고 하셨어요. 성적만 높으면 다 되는 게 아니라고요."

들어 보니 오빠가 할 말을 충분히 생각해 둔 것 같다. 오빠 턱에 수염 자국이 보인다. 요즘 들어 내가 평생 알아 온 오빠 대신 새 사람이 나타난 것 같은 기분이다. 위생 관념이 훨씬 좋아진 사람 말이다. 전에는 엄마가 아침엔 세수만이라도 하라고 늘 애원하다시피 했고 심지어는 남성용 나무향 세안제까지 사 주었지만 오빠는 건드리지도 않았다. 그런데 요즘 오빠는 화장실에서 살다시피 한다. 면도하는 것은 물론 머리에는 젤도 바르고 향이 진한 스킨을 거의 뒤집어쓰다시피 한다. 이런 변화 후 아주 이상한 일이 일어났는데, 여자애들이 우리 오빠를 '귀엽다'고 하는 걸 수진이가 버스에서 들었다.

'웩.' 오빠와 귀엽다는 말이 어울릴 수 있는 경우는 딱 하나뿐이다. 우리 거실 벽난로 위 사진 속에 있는 오빠, 나비넥타이를 하고 파란색 생일 케이크 크림을 얼굴에 덕지덕지 묻힌 다섯 살의 오빠일 경우 말이다.

엄마가 끼어들었다.

"농구 연습실에 소파도 있대? 너 하는 일이라고는 오로지 누워서 텔레비전 보기뿐이잖아."

"엄마······."

오빠는 고개를 폭 숙였다.

"그리고 데려다주는 건 어떡하고? 연습장하고 시합장에 누가 데려다 줘? 우리 집에 오면 몇 시인지 알잖아."

"그리고 일요 학교는 어떡해?"

이건 내가 불쑥 내뱉은 질문이다. 오빠가 눈으로 쏘는 죽음의 레이저를 맞고는 도로 주위 담고 싶었지만.

"그래, 아미나 말이 맞다. 학교 공부, 그리고 일요 학교, 이 두 가지가 우선이야."

아빠가 맞장구를 쳤다. 막막한 듯 주변만 이리저리 보는 오빠의 눈빛에 짜증이 점점 차오르고 있었다.

'내가 뭔가를 해야겠어.'

나는 의자에서 일어나 아빠 옆에 섰다. 아빠의 뺨에 짧게 입을 맞추니 아빠는 내 어깨에 한 손을 올렸다. 나는 큰 숨을 한 번 쉰 후에 결심대로 말했다.

"제가 알기로 수진이네 사촌이 하버드에 들어갔는데요, 농구팀 주장을 한 덕분에 들어갈 수 있었대요."

"하버드? 진짜로 그 하버드 대학교? 그럼 수능 성적이 엄청나게 좋았을 텐데?"

"진짜 하버드 대학교요. 자세히는 모르고, 제가 아는 건 그 사촌이 진짜 농구를 잘했다는 거예요. 수진이 말로는 온 가족이 깜짝 놀란 사건이래요. 그렇게 공부를 잘하지도 않는데 하버드에 입학해서요."

"그래? 농구로?"

곰곰이 생각하는 아빠에게 오빠가 재빨리 말했다.

"대표팀 선발 시험에 참가하려면 부모님 사인을 받아야 해요."

그리고 오빠는 내 노력이 고맙다는 듯 날 보며 작게 고개를 끄덕였다.

"한번 생각해 봐 주세요."

오빠는 이렇게 말하면서 주머니에서 종이 한 장을 꺼내 식탁에 올렸다.

"알았다, 한번 보마."

아빠는 이렇게 말하고 또 한 번 헛기침을 했다. 이번 헛기침은 이 이야기는 여기까지만 하겠다는 신호다. 아빠는 물었다.

"오늘 내가 누구랑 얘기했는지 아냐?"

"누구요?"

나는 물었다.

"너희 사야 잔."

큰아버지를 뜻하는 '시야 잔'이란 단어에서 아빠의 목소리가 좀 더 나지막해졌다.

"우릴 보러 여기로 오신단다."

엄마가 커다래진 눈으로 물었다.

"응? 비자를 받으셨어?"

큰아버지 모습을 떠올려 보려 해도 나는 딱 한 번 파키스탄에 갔던 일곱 살 때 이후로는 만난 적이 없다. 그때 기억은 희미하다. 초록색 철문이 있는 커다란 집, 대문 앞 경비원, 뒷마당의 큰 물소 정도가 생각난다. 하지만 내 기억 속에 있는 큰아버지 모습은 그때가 아니라 이따금씩 엄마 아빠가 하는 인터넷 통화의 화면 속 모습이다. 인사하라는 엄마 아빠의 말에 다가가 쳐다본 컴퓨터 모니터 속, 저화질로 흐릿하게 보이는 모습.

"응, 목소리 들으니 아주 기쁘신 것 같아."

그리고 아빠는 목을 한 번 더 가다듬더니 이렇게 말했다.

"비자가 3개월용이라서 말이야, 형님 한동안 우리 집에 와 계실 거야."

우린 모두 엄마를 흘끔 보았다. 아빠 쪽 친척이 우리 집에 오래 머무른다니, 엄마 반응이 어떨까 긴장돼서.

"언제 도착하시는데?"

엄마는 아빠와 눈은 마주치지 않은 채 아빠 쪽을 보면서 물었다. 그러고는 아빠 대답을 기다리지도 않고 말했다.

"도착하시기 전에 우리 집 고쳐 놔야 돼. 차고도 깨끗해야 되고. 차고 안에 가득한 상자들, 그거 전부 치워 놔."

엄마는 단번에 손님 맞을 준비를 하는 집주인 태세가 되어 할 일을 나열하고 주문하기 시작했다. 그런데 갑자기 말을 멈추더니 오빠와 나에게 경고하는 눈빛을 보냈다.

"그리고 너희 둘 잘해. 둘이 싸워도 안 되고 무례하게 행동해도 안 돼."

그러자 아빠가 거들었다.

"그래, 맞다. 나는 형님께 당신 자식들만큼이나 우리 아이들도 잘 키웠단 걸 보여 드리고 싶다. 내가 이 나라에 정착하기로 한 게 틀린 결정이 아니었단 것도. 아마 너희 큰아버지께선 내가 파키스탄으로 돌아가지 않은 걸 아직 용서 못하셨을 거다."

"그게 무슨 말이에요?"

"내가 레지던트 기간 끝나면 파키스탄으로 돌아올 줄 아셨거든. 그런데 내가 안 갔어."

아빠 눈빛이 생각에 잠겨 보인다.

"우리 아버지가 돌아가셨을 때 내 나이가 지금 무스타파 너랑 몇 살차이 나지 않았다는 거 알지? 그때부터 내 형님인 너희 큰아버지가 날보살펴 주셨어. 이 아빠는 밖이 환해도 큰아버지가 밤이라고 하면 밤이맞다고 할 정도로 큰아버지를 존경해."

"그건 좀 말도 안……."

오빠의 말을 엄마가 '쉿!' 하며 막았다.

"존경이라는 게 그런 거란 말이다. 뜻을 거스르면 안 돼. 그러니까 명심해라. 너희는 '완벽'해야 해."

오빠와 나는 괴롭다는 표정을 서로 주고받았다. 아빠가 미국으로온 후 멀리 떨어져 살던 가족을 만나는 것은 기쁘지만, 나에게 큰아버지는 낯선 사람이나 다름없다. 그리고 3개월이라는 시간은 낯선 손님과함께 살기에는 너무 길다. 절대 뜻을 거스를 수 없는 손님이라면 더욱.

게다가 우리 모두 완벽해 보이려고 내내 애써야 하는 시간이라면 훨씬

더 길게 느껴질 것이다.

3. 중학생이 되지 않았다면!

"모두 조용히 하고 자리에 앉아요."

사회 시간, 수업 시작을 알리는 종이 울리자 바튼 선생님이 말했다. 주름 장식이 있는 옷깃이 목까지 올라간 셔츠와 긴 치마를 입은 선생님은 두 손을 허리에 얹었다.

"자, 오늘은 미국 서부 개척을 배우는 수업을 시작해요."

"그래서 옷을 그렇게 입고 오셨어요?"

루크가 진지한 척 질문했지만 사실은 놀리려는 의도임을 선생님 빼고 모두가 알았다.

"맞아요. 이 옷은 19세기 중반에 개척자들이 입었던 것과 같은 스타일이죠. 여러분도 직접 그 주인공이 되었다고 상상해 보는 게 좋을 거예요. 지금부터 4명씩 팀을 짜서 소가 끄는 수레 행렬을 타고 오리건으로 달릴 테니까요!"

"네? 저희도 의상 입어야 된다고요?"

걱정스러운 목소리로 브래들리가 물었다.

"아니야, 브래들리. 무슨 말이냐 하면, 자신이 실제로 개척자라고 상상하고 개척자처럼 생각해 보라는 거예요. 오리건 산길 게임, 그러니까 서부 개척 길을 직접 간다는 상상을 바탕으로 한 게임 알죠? 그 게임을 변형한 수업을 할 거예요. 어제 저녁 여러분 부모님께도 설명 드렸듯이 이 수업을 통해 여러분은 탐험 길에서 만나는 식량 부족, 자연재해, 질병 같은 어려움에 대처하는 방법을 배울 거예요."

수진이 옆 책상에 앉은 나는 수진이에게 고개를 끄덕인 후 입 모양으로 "자신 있어."라고 말했다. 기회가 될 때마다 수업에서 한 조를 이루는 우리는, 이번 학기 시간표를 받았을 때 사회, 음악, 과학 세 과목을 같이 듣는 것을 알고 아주 기뻤다.

"모두 조를 짜세요. 조용하게 짜지 못하면 선생님 마음대로 뽑을 겁니다. 조를 짜고 나면 준비 게임부터 해 보세요."

선생님은 설명하며 종이를 나누어 주었다.

"우리 조에 또 누구 넣을까?"

나는 수진이에게 물었다.

"에밀리 오라고 하면 되겠다."

혼자 서서 교실을 둘러보는 에밀리를 수진이가 가리켰다.

"에밀리를? 진심이야?"

"그러지 마, 아미나. 쟤 조 같이 할 사람이 없는 것 같아. 그리고 우리는 이제 초등학생이 아니잖아."

그 말이 따끔하게 아팠다. 내가 알겠다고 대답하기도 전에 수진이는 에밀리에게 손을 흔든다.

"우리랑 같이 할래?"

에밀리는 무척 마음이 놓인 표정이다.

"고마워."

에밀리는 나에게도 미소를 지었지만 나는 입을 꾹 다문 채 고개를 끄덕이는 정도밖에는 하지 못했다. 이해가 가지 않는다. 에밀리가 오랫동안 우리에게 한 형편없는 짓들을 수진이는 다 잊었나? 줄리가 도시락에 김치를 싸 온 수진이에게 뭔가 죽은 것 같은 냄새가 난다고 했을 때 그 옆에 있던 에밀리가 코를 막고 꽥 소리를 냈던 일을? 우리가 서로에게 우르두어와 한국어 표현을 가르쳐 줄 때 에밀리가 줄리와 함께 우리를 비웃으며 "영어 써. 여긴 미국이야." 라고 했던 일을? 가장 끔찍했던 일은 수진이네 부모님이 밀워키 번화가에서 운영하는 레스토랑 '파크 애비뉴 델리'에서 개고기를 판다는 거짓 소문을 줄리와 함께 퍼뜨렸던 일이다. 몇 달 동안이나 루크는 수진이 옆을 지날 때마다 작게 개 짖는 소리를 냈었다.

'왜 수진이는 더는 이런 일들이 상관없다는 듯이 행동하지?'

"어, 너희들 3명 맞지? 잘됐구나. 이 조에 합류해라, 브래들리."

선생님이 브래들리를 우리 쪽으로 밀었다. 이번에는 나만이 아니라 우리 셋 다 비상사태라는 눈빛을 주고받았다.

브래들리는 5분 이상 가만히 앉아 있지를 못하는 아이이기 때문이다. 초등학교 2학년 때, 모두 함께 이야기를 나누는 시간이면 바닥을 이리저리 굴러다니거나 옆 사람을 찌르니 선생님이 따로 의자에 앉혔다. 4학년 때는 바닥에 앉아서 하는 수업 중 옆에 있는 콘센트에 펜을 찔러 넣어 보다가 실제로 감전을 당해 앰뷸런스에 실려 갔다.

"앞으로 20분 동안 이렇게 조별로 앉아 첫 번째 게임 전략을 짜 보세요."

나는 의자를 끌며 내 책상으로 다가오는 브래들리를 암담한 기분으로 쳐다보았다. 수진이와 에밀리도 각자 의자를 가지고 다가와서 우리 넷은 사각형 대열로 앉았다.

"그럼 해 보자."

이렇게 말하며 브래들리가 내게 지나칠 정도로 가까이 몸을 기울였다. 사람 사이의 적정 거리라는 것을 이해하지 못하는 아이니까 말이다. 나는 내 의자를 옮겨 브래들리에게서 떨어져 앉은 후 선생님에게 받은 자료를 읽었다. 자료에 길이 6미터 가량의 마차 구조가 나와 있고, 우리가 서부로 가면서 실을 수 있는 것들의 목록이 있다. 우리의 첫 과제는 주어진 돈을 가지고 어떤 물품을 사서 마차에 실을지 결정하는 것이다. 제한 무게를 넘을 경우에는 수레 세금이 높게 책정된다.

"당연히 설탕이지."

물품 목록을 코에 닿을 듯 들여다보던 브래들리가 가장 먼저 물품을 골랐다. 나는 반박했다.

"설탕은 사치품이야. 생존하려면 설탕보다는 밀가루가 필요해."

브래들리는 고개를 흔들었다.

"그래도 나는 설탕 없으면 못 사는데. 야, 책상 안에 과자 있는 사람 있냐?"

나는 어깨를 으쓱하고 말았지만 에밀리가 대답했다.

"아니, 없어. 브래들리, 너는 가져갈 옷 목록을 만들어 보는 게 어때?"

우리는 논쟁만 계속하다 주어진 20분의 막바지에야 겨우 물품 목록을 완성했다. 브래들리에게 설탕을 좀 가져가게 해 주는 대신 밀가루와 무쇠 팬을 사도 좋다는 동의를 받아 냈다. 나는 시간에 쫓겨 목록을 휘갈겨 적었다. 수백 킬로그램의 짐을 실제로 싣기라도 한 것처럼 피곤했다.

"잘했어요, 모두들! 그러면 월요일에 이 여정을 시작합니다."

선생님이 손뼉을 쳤다.

"또 보자, 조원들."

브래들리는 의자를 제자리로 끌고 갔다.

수진이와 내가 우리 조원들을 데리고 게임에서 이길 작전을 짜려고 수진이와 서둘러 교실에서 나가려는데 누군가가 불렀다.

"잠깐만!"

에밀리가 숨차게 뛰어와서는 수진이와 발걸음을 맞추며 말했다.

"재미있었어. 우리 조 승산이 꽤 있는 것 같아."

"그래, 브래들리 때문에 우리 다 죽지만 않으면."

수진이가 브래들리의 존재를 상기시키자 에밀리는 말했다.

"아, 브래들리랑 같이 하는 거 진짜 골치야. 걔 진짜 이상해. 점심시간에 뭐 하는지 봤어? 피자에다가 아이스크림을 잔뜩 바르고 있었어. 그걸 어떻게 먹는지, 참! 그리고 걔 2학년 때 너희 어머니한테 이상한 소리 하지 않았어?"

"무슨 소리? 너 나한테 얘기해 준 적 없잖아."

수진이가 내게 고개를 돌리며 물었다.

"네가 이사 오기 직전에 있었던 일이야. 2학년 때 우리 엄마가 학교에 와서 아이들과 돌아가며 대화 연습을 하는 자원 봉사를 하셨거든. 그런데 브래들리가 자기 차례가 오니까 '나, 아미나 엄마랑 데이트한다.'고 그랬어."

그리고 에밀리가 끼어들었다.

"진짜 이상하지 않아? 걔 나랑 버스도 같이 타는데 항상 무슨 사고를 쳐."

에밀리가 계속 이야기를 하니 나는 내 이야기를 마저 할 틈이 없었다. 브래들리가 우리 엄마에게 사랑한다고 하고 두 번째 데이트가 너무 기다려진다고 했다는 이야기를 말이다. 그때 웃었던 엄마는 저녁을 먹을 땐 이런 웃기는 아이가 있었다면서 아빠에게 이야기해 주었다. 하지만 아빠는 그 얘길 듣자마자 나를 쳐다보며 "걔하고 놀지 마."라고 했다. 하지만 나는 앞으로 이 수업이 6주씩이나 이어지는 동안 오후마다 브래들리와 붙어 있어야 한다.

둘의 대화를 들으며 나는 뒤로 빠졌다. 사물함에 거의 다다랐을 때 에밀리가 물었다.

"다음 주에 학교 끝나고 우리 집에 올래? 같이 오리건 산길 게임 이야기해도 좋고, 수진이 네가 원한다면 네 새 이름 같이 생각해 봐도 좋고."

"그래, 좋지."

그리고 에밀리는 좀 혼란스러운 표정으로 날 보았다. 나는 내가 에밀리를 멍하니 보고만 있었다는 걸 깨달았다. 에밀리가 인사했다.

"그럼 월요일에 보자, 얘들아."

"그래, 잘 가."

에밀리가 멀어지자 나는 마침내 수진이에게 말했다.

"좀 이상하지 않아?"

내 자신이 속 좁은 것 같고 민망하면서도 머릿속에서 들끓는 생각을 내 밖으로 뱉어 버렸다.

"뭐가?"

수진이가 되물었다.

"에밀리, 갑자기 너하고 절친이 되고 싶기라도 한 것처럼 행동하잖아."

"그렇게 나쁜 애 아니야, 아미나."

수진이에게 요즘 새로 생겨난 중학생의 성숙한 목소리다.

"너도 쟤한테 기회를 한번 줘 봐."

나는 '뭐 하러?'라고 따지고 싶지만 그럴 배짱이 없다. 내가 에밀리 이야기를 할 때마다 수진이가 날 못마땅해 하는 느낌이다. 우리 중 달라진 사람은 내가 아니라 수진이인데도 그렇다. 에밀리와 줄리에게 우리는 아주 오랫동안 똑같은 감정을 갖고 있었다. 그리고 나는 여전히 그 감정이다.

갑자기 나는 그냥 집으로 가서 얼른 주말을 맞고 싶었다. 수진이에게 휙 작별 인사를 한 후 버스로 향했고, 자기 버스를 타러 달려가는 브

래들리를 피해 고개를 돌렸다. 〈과거에서 불어온 바람〉 공연 포스터가
보인다. 그 밑에 적힌 '참가 신청을 기다립니다'라는 커다란 글자가 마
치 나를 향해 '이 겁쟁이!'라고 외치는 것 같다. 많은 일이 있었던 한 주
였다. 내게 학교 음악회에서 독창을 했으면 좋겠다는 바람이 생겼고, 답
이 안 나오는 조원들과 함께 개척자 여정을 시작했고, 수진이와 에밀리
는 이해가 안 될 정도로 서로 다정하게 군다. 이 모든 일을 떠올리자 나
는 중학생이 된 일 자체를 되돌리고 싶어진다.

4. 라비야와 연습처럼 찍어 보다

"우리 차례야!"

라비야가 소리쳤다. 발을 쿵쾅거리고 게임 컨트롤러를 낚아채려고 손을 뻗었다.

"우리 별로 안 했어. 30분 있다가 와."

유수프가 이 집 지하에 위치한 텔레비전 화면에서 눈을 떼지도, 낡은 소파에서 엉덩이를 떼지도 않은 채 대답했다.

"거짓말 치고 있네! 아까도 그 소리 하더니."

라비야는 물러나지 않았다. 유수프와 우리 오빠가 지금 1시간 넘게 피파 게임을 하고 있다. 그러니 이번에도 자기 말이 무시당하자 라비야는 텔레비전 앞으로 돌진해 몸으로 화면을 막고 엉덩이를 좌우로 흔들었다.

"비켜라."

유수프가 이를 악물고 말했고 오빠는 게임을 멈추었다. 오빠가 유수프보다 부드러운 말투로 말했다.

"라비야, 그러지 마. 지금 내가 이기고 있단 말이야. 내가 유수프 확실히 박살 내고 나면 너희가 해."

라비야는 커다란 갈색 눈을 부라리며 둘을 노려보면서도 텔레비전을 가로막는 춤은 멈추지 않았다. 열한 살 치고는 좀 어린애 같은 행동이기는 하지만 라비야를 탓할 수 없다. 유수프는 우리 오빠보다 한 살 어린데도 키는 더 크고 여동생 라비야를 늘 형편없이 대한다. 유수프와 비교하면 우리 오빠가 거의 다정하게 느껴질 정도다.

"나 일어났담 봐라……."

유수프가 코 위로 안경을 올리고 공중에 헛주먹질을 했다. 체격보다 큰 저지 티셔츠와 헐렁한 청바지 때문에 덩치가 더 커 보이고, 그러니 라비야는 꼭 금방이라도 자신을 밟아 버릴 수 있는 야수 앞에서 통통 뛰는 작은 새 같다.

내가 나섰다.

"그만 해. 이제 난 게임 할 맘도 없어졌어. 그냥 위층 올라가자."

새로 나온 버전의 저스트댄스 게임을 하려고 기다린 것인데 어차피 나는 잘하지도 못한다. 수진이는 나와 이 게임을 할 때 무슨 노래를 고르든 별 4개를 받는데, 일곱 살 때부터 발레, 탭댄스, 재즈댄스를 배운 아이라서 그렇다. 라비야도 이 춤추기 게임을 좀 지나치게 많이 하는 편이다. 이 아이들의 발과 달리 내 발은 오로지 피아노에 앉아 노래하고 페달 밟을 때만 내 뜻대로 움직여 준다. 춤이라면 나는 어설프기만 하다.

"어른들한테 다 이른다."

라비야의 협박에도 유수프와 오빠는 무반응이다. 어른들은 지금 위층에서 차와 비스킷을 먹으며 담소를 나누느라 우리들 싸움에는 눈곱만큼도 관심이 없으리란 걸 둘은 알고 있다.

나는 라비야를 따라 위층으로 올라가며 엄마 때문에 억지로 입은 진

분홍 샬와르 카미즈(파키스탄의 전통 복장)가 바닥에 끌려 넘어지지 않도록 조심했다. 엄마는 라비야의 어머니인 살마 이모가 파키스탄에 다녀오면서 가져온 이 옷이 너무 작아지기 전에 내가 입은 모습을 꼭 보고 싶다고 했다. 목선의 자수가 너무 간지럽다. 여기에서 자고 갈 것을 대비해 가져온 잠옷으로 어서 갈아입어 버리고 싶다.

계단 꼭대기에 다다랐을 때 라비야가 소근거렸다.

"언니 자고 가면 안 되는지 한 번 더 물어보자. 오빠들이 못되게 군 것 때문에 불쌍해서라도 허락해 주실지 몰라."

"그래."

내가 맞장구치긴 했지만 살마 이모는 이미 저녁 식탁에서 안 된다고 확실히 말했다. 우리가 너무 늦게까지 안 자고 수다를 떠느라 다음 날 일요 학교에 갈 준비를 못할 거라고 말이다. 게다가 본인이 이슬람 센터에서 책 장터를 운영할 것이라서 살마 이모는 이날을 아침부터 조금도 놓치지 않고 싶어 한다. 반면에 나는 늘 일요 학교를 되도록 많이 놓치고 싶다.

틀어 둔 텔레비전 소리가 요란한데도 그 소리를 배경으로 엄마 아빠는 대화에 푹 빠져 있다. 빠른 박자의 인도 노래가 쿵쿵거리고 진홍색 의상을 입은 발리우드 여자 배우들이 노란색과 빨간색 꽃으로 장식된 무대 앞에서 완벽히 맞춘 동작으로 빙글빙글 돌고 있다. 엄청나게 높은 음을 노래하는 쇳소리 나는 목소리가 귀에 거슬리지만 현악기와 어우러진 드럼 소리가 정말 듣기 좋다.

"형님 오시는 걸 왜 그렇게 걱정해요?"

어른들이 앉은 소파로 살금살금 다가가 뒤에 섰을 때 살마 이모가 아빠에게 묻는 것이 들렸다.

"이 나라가 이슬람에 안 좋은 감정이 있는 거 아시잖아요. 그리고 요즘 뉴스에서도 계속 부정적인 소식들이 나오고."

그러자 하마드 삼촌이 말했다.

"그래도 형님께서도 이미 뉴스 보고 알고 계실걸. 충격 받거나 하시진 않을 거야."

"그럴 수도 있지. 그래도 누가 우리 형님께 무슨 안 좋은 소리라도 하면 어떡해? 쿠피(테두리 없는 짧고 둥근 모양의 전통 모자)도 쓰고 다니시고 긴 수염을 기르셨어."

"여기선 그런 일 안 일어날 거야. 여기에는 이슬람 사회가 잘 발달해 있고, 밀워키에는 이슬람 사람이 아주 많이 살잖아. 다른 사람들도 우리에게 잘 해 주고."

엄마의 의견에 아빠는 말했다.

"그렇지. 그런데 형님께서 생각이 워낙 확고하신 것도 문제야. 그냥 여기를 마음에 안 들어 하실까 봐 내 마음이 불안해."

"그냥 올라가자. 여기 지루해."

라비야가 속삭였지만 나는 고개를 저었다. 여기를 마음에 안 들어 할까 봐 걱정이라니, 도대체 어떤 점을 말하는 것인지 더 듣고 싶었다.

'큰아버지가 날 마음에 안 들어 하실까 봐?'

"가자!"

라비야가 내 손을 잡아끌었다.

"너희 여기서 뭐 해? 어른들 대화하는데."

소파 뒤 우리를 발견한 살마 이모였다.

"위층 올라가."

우리는 마주보고 어깨를 으쓱한 후 살마 이모의 말을 따랐다. 내가
자고 가도 되는지는 물을 분위기가 아니었다.

유수프의 방을 지나는데 라비야가 그 방으로 쑥 들어가서는 옛날식
껌 뽑는 기계에서 껌을 한 줌 가지고 나왔다. 그리고 라비야의 침대에
누워 풍선껌을 불며 우리가 가장 좋아하는 일을 했다. 바로 사람들이
스스로 희한한 짓을 하며 찍어 올린 유튜브 동영상을 보는 일. 한 남
자가 엄청나게 먼 곳에서 농구 슛을 하는데 그 농구공이 어느 집 지붕
에 부딪히고 나무에 튕긴 다음 농구 골대로 쏙 들어간다.

"이거 이거 가짜야. 분명 카메라로 뭐 한 거야."

나는 나중에 오빠에게 보여 주어야겠다고 생각했다. 속임수를 쓴 것
이든 아니든 근사한 슛이라고 생각할 것이다.

"이것 봐. 웹캠 앞에서 테일러 스위프트(미국의 가수) 노래 부르는 여자
애야. 조회 수가 6천이 넘어. 그렇게 잘 부르지도 않는데."

라비야가 말했다. 솔직히 내가 듣기에도 그다지 잘하는 건 아니다.
아카펠라로 부르는데 박자가 하나도 맞지 않는다.

"우리도 찍어 올리자! 언니가 노래하고 나는 반주를 하는 거야. 그러

면 이것보다 훨씬 나을걸."

라비야가 적당한 노래를 찾아보기 시작했다.

"우리가? 안 돼. 누가 클릭하면 어떡해?"

나와 거의 자매처럼 자란 라비야 역시 수진이처럼 내 노래 실력을 안다.

"클릭하라고 올리는 거잖아! 으휴, 이 똑똑한 언니야!"

라비야는 웃었다. 그리고 덧붙였다.

"아무도 못 들으면 언니 그 근사한 노래 솜씨 다 무슨 소용이야?"

"엄마 아빠가 들어."

"엄마 아빠만 들으니까 문제지. 테일러 스위프트가 너무 겁나서 남들 앞에서 노래 부르길 포기했으면 어떻게 됐겠어? 아델(잉글랜드의 가수)이 그랬다고 생각해 봐."

"난 아델이 아니야."

"그렇지. 아델은 둘도 없지. 그래도 언니도 노래 잘해. 우리 하자, 응? 부르고 싶은 노래가 뭐야?"

"부르고 싶은 노래 없는데."

"아, 좀! 그냥 연습으로 찍어 보려고 그래. 어디 올리진 않을게. 언니 당장 안 일어나면 지금 그 샬와르 카미즈 입고 앉은 모습 찍는다!"

라비야가 아래층에서 유수프에게 쏘았던 강렬한 눈으로 나를 협박하는 걸 보니 미소가 나온다. 그리고 학교 음악회도 생각난다. 거기서 독창할 기회를 포기해 버린 얘기를 라비야에게 안 했다. 라비야가 알았다

43

면 나를 들들 볶고 우리 학교에 가서 내 대신 신청서에 내 이름을 적어 넣었을지도 모른다. 잠시, 나는 라비야가 나와 같은 학교를 다녔으면 좋겠단 생각이 든다. 가로수 늘어선 조용한 모습이 우리 동네와 거의 똑같아도 차로 15분 떨어진 베이뷰에 사는 것이 아니라 말이다.

그때부터 우리는 1시간 정도 라비야가 고른 에이브릴 라빈(캐나다의 가수) 노래를 웹캠 앞에서 부르며 녹화해 보았다. 하지만 가사를 틀리거나 웃음이 터져서 자꾸만 망쳤다.

"다시 해!"

라비야가 카메라 앵글에서 벗어나 나동그라지며 외쳤다.

"나 물 좀 마셔야겠다."

어찌나 노래를 하고 웃어댔는지 나는 목이 쉬었다. 하지만 그때 아래층에서 모두에게 인사를 하라며 엄마가 부르는 소리가 들렸다.

"다음번엔 내가 형 박살 낼 거야."

오빠와 함께 지하에서 올라오는 유수프가 말했다. 유수프에게 헤드락을 당한 오빠는 꽥 소리를 냈다.

"쿠다 하피즈."

살마 이모가 내게 인사했다. 이모는 빈 요구르트 통에 밥 싼 것을 내게 건네주었다. 하미드 삼촌이 내 볼을 꼬집기 전에 잽싸게 피한 나는 똑같은 인사말을 건넸다.

"쿠다 하피즈. 초대해 주셔서 고마워요."

엄마 아빠는 이 친구 부부와 10분은 더 수다를 떨었고 그동안 나는 재킷을 입어 더운 몸으로 현관 입구에서 기다릴 수밖에 없었다. 우리, 아이들은 다들 눈을 부라리고 끙끙 지루한 내색을 했다. 어쩌면 이렇게 매번 똑같은지.

"이 시간에 게임 한 판 더 했겠네."

유수프가 오빠에게 중얼거렸다. 라비야는 계단에 앉은 채 졸기 시작했다. 하지만 나도 포기하고 라비야 옆에 앉으려 했을 때, 우리는 우르르 밖으로 나가 차에 올랐다. 라디오에서 아델 노래가 흘러나왔고, 나는 동영상으로 본 아델처럼 어떤 음이든 근사하게 불러 내는 내 모습을 상상하며 잠에 빠져들었다.

5. 일요 학교의 안내 방송

마당에서 자원봉사자들이 상자에서 미지근한 피자 한 조각씩을 꺼내어 아이들에게 나누어 주고 있다. 일요 학교의 수업 사이 쉬는 시간이다. 아직 11시밖에 안 되었지만 나는 너무 배가 고프다.

"음료수 마셔."

자원봉사자가 내게 손짓했다. 나는 내 몫의 피자가 담긴 종이 접시와 레모네이드 캔을 집어 들고는 라비야와 우리의 친구 달리아가 피자를 먹고 있는 벤치로 서둘러 갔다. 둘은 늘 나보다 수업이 늦게 끝나고, 나보다 한 단계 윗반이다. 일요 학교에서는 나이나 일반 학교에서의 학년은 중요하지 않다. 아랍어 글자를 이어 단어로 만드는 능력이 좋을수록, 코란(이슬람교의 경전)에서 암송할 수 있는 부분이 많을수록 높은 반 수업을 듣는다.

"그거 예쁘다."

나는 달리아가 머리를 솜씨 좋게 감싼 파란색 지그재그 무늬 스카프를 가리키며 말했다. 내 스카프는 이미 머리에서 흘러내려 마치 조그만 망토처럼 목에 걸쳐져 있다.

"고마워, 우리 엄마 거야."

달리아는 이렇게 말하곤 피자 가장자리 빵을 조심스럽게 베어 물었다.

달리아는 이슬람 센터에 올 때만이 아니라 늘 히잡(이슬람 여성이 머리와 목 등을 가리기 위해 쓰는 두건)을 쓴다. 학교에도 자랑스럽게 쓰고 간다. 나는 나 혼자만 스카프를 두른 채 우리 학교를 돌아다니는 일이 상상도 되지 않는데, 달리아는 어디에서든 머리띠처럼 자연스럽게 히잡을 쓴다.

"오늘 우리 수업 이맘(이슬람교에서 예배를 주도하고 공동체의 길잡이 역할을 하기도 하는 사람)이 대신 했어. 완전 재미있었어."

라비야는 말했다. 피자의 기름진 치즈 때문에 몇 입 만에 토하고 싶어진 나는 먹는 것을 그만두고 말했다.

"좋았겠다! 우리는 나이마 선생님이 코란 문장 하나를 가지고 한 명씩 다 돌아가며 읽어 보게 하셨어. 수업 절반은 그것만 했어."

그러자 라비야와 달리아가 동시에 말했다.

"으으, 지루했겠다."

"그리고 계속 같은 얘기만 하셨지. 그 발음이 아니야. 작은 '하'가 아니고 큰 '하'라니까!"

"아마 나이마 선생님이 이집트 출신이셔서 그럴 거야. 우리 가족처럼."

달리아의 말에 라비야는 물었다.

"그게 왜?"

"그래서 아랍어가 완벽하시다고."

"말릭 이맘은 이집트 출신이 아닌데도 아랍어가 완벽해."

라비야 말이 맞다. 말릭 이맘은 미국 플로리다에서 자랐는데도 완벽한 아랍어와 영어를 자유롭게 쓸 수 있다. 게다가 비디오 게임의 속임수

코드를 이슬람교 교리만큼이나 많이 안다는 점은 더 좋다.

"그건 그렇지. 그래도 부모님이 아랍인이어서 그럴걸. 너희 기분 나쁘게 하려는 건 진짜 아닌데, 파키스탄 사람들은 아랍어를 제대로 발음할 줄 몰라."

나는 기분이 나쁘지 않다. 달리아 말대로 우리 엄마 아빠를 포함한 대부분의 파키스탄 사람들이 아랍어를 좀 다르게 발음한다. 아랍어 철자 중 몇 가지는 내가 도저히 발음할 수 없다. 음감이 아무리 좋아도 아랍어를 하는 것과는 아무 상관도 없는 모양이다. 게다가 아랍어 글자들이 서로 연결될 때 모양이 변하는 방식을 내 머리가 도저히 따라가지 못해 나는 늘 틀린다. 반에서 소리 내어 읽기를 하면 내 차례 때마다 부끄럽고, 그건 내가 일요 학교를 싫어하는 가장 큰 이유다.

"들어가야겠다."

교실과 대강당이 있는 이슬람 센터 본관으로 몰려드는 사람들을 보며 라비야가 말했다. 높은 두 개의 첨탑이 있는 반짝이는 반구형 모스크(이슬람교의 예배당) 옆에 있으니 본관 건물은 꼭 거대한 신발 상자처럼 보인다. 나는 밀려나지 않으려 애쓰면서 좁은 계단을 올라 교실로 돌아갔다.

일요 학교 2교시는 나이마 선생님이 선지자들의 이야기를 들려주는 시간이라 긴장을 풀 수 있다. 오늘은 내가 좋아하는 이야기 중 하나를 들었다. 선지자 유수프와 질투심으로 그를 우물에 던져 버린 그의 형제들 이야기다. 나이마 선생님은 이야기 속 사건들을 두 팔을 휘저어 가며

48

어쩌나 생동감 있게 설명하는지 마치 연기를 하는 것 같다.

"질투란 끔찍한 것이지."

선생님의 말에 나는 에밀리가 떠오르며 부끄러웠다.

'나는 에밀리를 질투하는 걸까? 에밀리가 원래 같이 놀던 애들에게로 돌아가기를 바라는 내 마음은 나쁜 걸까, 아닐까?'

"숙제하는 것 잊지 마라!"

수업이 끝나고 교실을 빠져나가는 우리에게 나이마 선생님은 외쳤다. 나는 기도를 하러 모스크로 가기 전 우두를 하러 화장실에 들렀다. 화장실엔 무릎 높이에 특별히 마련된 수도꼭지가 있고 그 앞에는 작은 의자가 놓여 있다. 나는 거기 앉아서 차가운 물에 손을 먼저 씻은 다음 손과 코를 물로 헹구었다. 그리고 얼굴과 이마 가장자리에 손바닥으로 물을 묻히고 젖은 손으로 귀와 목도 문질렀다. 그런 다음 소매를 걷고 팔꿈치까지 씻은 다음, 샌들을 벗고 흐르는 물에 두 발을 씻었다.

남은 물기를 털어 내며 화장실에서 나온 나는 이번에는 흘러내리지 않게 단단히 머리에 스카프를 둘렀다. 모스크에 다다라서는 여자 방 출입구 옆의 대리석 바닥에서 샌들을 벗고 신발장에 가지런히 넣었다.

나는 푹신한 초록색 카펫 위 라비야가 제 옆에 맡아 둔 내 자리로 갔다. 기도실의 조용함과 크리스털 샹들리에, 금빛 장식, 아랍어 붓글씨가 적힌 커다란 장식판을 마주하며 나는 낯익은 차분함에 감싸였다. 우리 앞에선 한 여자가 무릎을 꿇고 머리를 바닥에 대고 기도하고 있고 아기가 여자의 셔츠를 잡아당기고 있다. 줄에 엮은 구슬 한 가닥을 손에 쥐고, 소리 없이 입술만 움직이며 기도하는 어느 중년 여자도 보인다. 그리고 살마 이모를 포함한 친구들과 함께 구석 자리에서 조용히 코란을 읽고 있는 엄마를 나는 발견했다.

모스크에서의 내 첫 기억은 내가 네 살인가 다섯 살 때다. 라마단 기간에 야간 특별 기도를 하러 엄마 아빠와 함께 왔다. 나는 흘러내리지 않도록 해 주는 고무줄이 달린 조그만 스카프를 머리에 쓰고, 움직이지 않으려고 애쓰면서 엄마 곁에 서 있었다. 하지만 금세 지루해진 나는 기도실 뒤쪽을 돌아다니고 다른 아이들과 같이 뛰어다녔다. 그래서 여러 여자 어른들이 번갈아 가며 우리를 조용히 시켰다.

말릭 이맘의 목소리가 스피커로 들려왔다.

"형제 자매 여러분, 몇 가지 알려 드릴 것이 있습니다. 우선 기도 후에 본관 건물에서 책 장터가 한 시간 동안 진행됩니다. 둘째, 학부모 교사 협회 간부 후보자를 받고 있습니다. 그리고 마지막 소식은 아주 신나는 소식인데요, 11월 15일에 미국 전역 학생들이 참가하는 코란 낭송 경연 대회를 우리가 처음으로 주최하게 되었습니다. 인샬라."

약간의 웅성거림 속에서 말릭 이맘의 안내는 계속되었다.

"모든 학생이 참가할 수 있습니다. 자랑스러운 우리 대표로서 많이 참가해 주시리라 믿습니다. 우승자는 놀이공원 식스 플래그스 입장권 4장과 함께 대학 등록금에 보탤 수 있는 큰 상금을 탑니다."

웅성거림이 커졌다.

"다음 주 일요일에 안내지를 드리겠지만 학부모 여러분, 가능한 빠르게 자녀들의 참가 신청을 해 주십시오."

'이런!' 나는 재빨리 고개를 돌려 엄마가 귀를 기울이고 있는지 확인했다. 하지만 엄마는 아직도 코란을 보고 있었다. 연극 도중 얼어붙어 목소리가 나오지 않았던 2학년 때 기억이 머리를 스쳤다. 영어를 자유롭게 쓰는데도 무대에서는 말을 할 수 없는데, 어설프기 그지없는 아랍어로 어떻게 내가 소리를 내뱉겠나? 코란 낭송 대회는 내가 전혀 관여하고 싶지 않은 대회다. 가지런한 줄을 유지한 채 모두가 일어섰고, 나는 부디 엄마가 안내 방송을 못 들었기를, 나를 그 대회에 참가시키지 않길 바라는 짧은 기도를 더했다. 두 손을 가슴에 교차시킨 채 나는 말릭 이맘이 이끄는 익숙한 기도 속 신의 말씀에 집중하려 애썼다.

6. 요란한 손님맞이 준비

"저건 말도 안 되지! 패스 방해잖아! 심판은 뭐 하는 거야?"

아빠가 외쳤다.

"그냥 방어를 잘한 거예요."

오빠가 반박했다. 입이 슬쩍 웃고 있다.

"시력 검사 받아 보쇼, 심판!"

아빠는 이렇게 외치고는 흑백 줄무늬 옷을 입은 텔레비전 화면 속 심판을 노려보았다. 아빠가 고개를 절레절레 저었고 오빠는 씨익 웃었다.

"너도 마찬가지다, 너랑 패커스 놈들. 다들 사기꾼들이야!"

"뭘 그렇게 몰입을 해서 봐? 직접 뛰는 것도 아니면서."

거실 구석, 잔뜩 쏟아 놓은 빨래 앞에 앉은 엄마가 말했다. 옷을 개어 카펫 위에 깔끔하게 쌓아 올리는 중이었다.

오빠가 아빠 다리를 토닥거리며 말했다.

"맞아요. 진정하세요, 아빠. 아빠의 베어스 선수들은 겨우 13점밖에 안 뒤지는데요, 뭐."

"내가 널 진정시켜 주마."

아빠가 오빠를 밀어서 소파 위로 쓰러뜨리고는 오빠의 어깨를 주먹으로 툭툭 쳤고, 엄마는 돌돌 만 양말 몇 개를 웃으며 두 사람에게 던졌다.

　나는 내가 좋아하는 가죽 안락의자에 안전하게 앉아서 이 소동을 지켜보았다. 몸을 웅크린 채 손에는 낡은 책『오리건 산길의 삶』을 쥐고 있다. 바튼 선생님의 사회 시간 프로젝트를 우리 조가 해 나가는 데 도움이 될까 해서 이 두꺼운 책을 도서관에서 빌려 왔다. 개척자들이 탐험 당시에 직접 적은 일기가 가득한 책이다. 많은 부분이 그저 끔찍하기만 한데도 읽기를 멈출 수가 없다. 내 또래 아이들이 소유물 전부를 마차에 싣고 하루에 25킬로미터 정도를 몇 달간 걸었다는 것, 그러다 결국에는 끔찍한 병에 걸려 죽고 길가 얕은 무덤에 묻히거나 건너던 강물에 빠져 죽었다는 것을 생각만 해도 진저리가 난다. 이걸 읽고 있으니 우리 조원들과 같이 오리건 산길 게임을 해 나가는 일이 마치 마트에 가는 일처럼 느껴진다.

　"당신 안 피곤해? 헬멧 쓴 장정들이 서로 덤벼들고 난리인 걸 3시간씩이나 보고 있는 거."

　엄마가 물었다. 나는 빨랫감에서 내 옷을 골라 위층 내 방으로 가지고 올라왔다. 그러고는 홀리 선생님이 겨울 음악회에 잘 맞을 거라고 뽑아 둔 독창곡 후보 중 하나를 골라 노래 연습을 했다. 그냥 재미로 말이다. 아레사 프랭클린(미국의 가수)의 〈변화가 다가오네〉라는 곡이다.

　"나는 강가 작은 천막에서 태어났네……." 내가 낼 수 있는 가장 큰 목소리로 이 노랫말을 부르니 믿기지 않을 만큼 만족스러운 기분이다. 어쩐지 이 노래에서 힘을 얻는 것 같다. 힘을 얻은 나머지, 나는 학교 음악회에서 독창을 하겠다고 해서 마침내 내 비밀을 꺼내 보이는 상상이 들기 시작한다. 모두를 깜짝 놀라게 하는 상상. 〈더 보이스〉의 참가자 스텔라처럼 나도 체크무늬 셔츠와 청바지를 입은 마르고 수줍은 여자 아이에서 스팽글 달린 드레스를 입은 화려한 스타로 탈바꿈할 수 있겠지. 뭐 드레스 부분은 빼더라도 적어도 당당하고 자기 확신에 찬 나, 아미나로서 내 목소리를 학교에, 또 더 넓은 세상에 들려줄 수 있겠지.

그러나 내 목소리가 날 배반하리란 사실이 떠올랐다. 내 목소리는 잔뜩 움츠러든 채 내 폐 속에 붙어 나오지 않을 것이다. 나는 모두가 바라보는 무대 위에서 멍청하게 서 있기만 할 것이다. 나는 방에서 노래하기를 그만두고 아래층으로 내려갔다.

"끝났네, 끝났어. 겨우 2분 남았어. 이젠 역전할 가망이 없는 경기다."

아빠는 텔레비전을 끄고 고개를 저었다. 그때 엄마가 말했다.

"자자, 다들 일어나. 지금부터 나 좀 도와."

나는 엄마가 늘 중요한 할 일들을 적어 두는 수첩이 무섭다.

"너희들 큰아버지께서 우리 집에 오실 때까지 2주도 안 남았기 때문에 준비를 해야 돼."

오빠가 물었다.

"지금요? 저 영어 숙제해야 되는데."

"이제야 숙제 생각이 나? 하루 종일 소파에 앉아서 텔레비전 볼 때는 생각 안 나다가? 시끄럽고, 어서 일어나. 저녁 먹고 나서도 숙제할 시간 충분하다."

"우리가 뭘 할까, 여보?"

아빠가 조심스럽게 물었다.

"당신은 이 빨래 갠 거 위층에 갖다 놓고, 차고 구석에 쌓여 있는 것들 좀 정리해. 무스타파, 너는 사다리 타고 올라가서 조명이랑 천장 선풍기 전부 먼지 털고, 저기 있는 침구도 손님방에 갖다 놔."

"아미나는요?"

엄마 눈에 안 띄길 바라며 책으로 얼굴을 가린 채 앉아 있던 나를 오빠가 가리켰다.

"아미나도 할 일 있어. 아미나, 너는 고급 수저랑 나이프 꺼내고, 은식기는 광내고."

"여보……."

아빠가 엄마를 좀 더 다정하게 불렀다.

"형님은 우리가 광낸 은수저를 쓰든 말든, 차고에 뭐가 있든 그딴 건 상관 안 하셔. 내가 알아. 그리고 차고라는 데가 원래 쓸데없는 거 처박아 놓는 데잖아."

오빠와 나는 희망의 눈빛을 교환했다. 어쩌면 아빠 말에 엄마는 긴장을 풀고, 우리를 할당 받은 집안일에서 해방시킬지도 모른다.

"아니야. 당신 형님께선 일꾼 많고 모든 게 완벽한 저택에 사는 데 익숙하신 분이야. 나한테 일꾼은 당신하고 애들뿐이야. 그러니까 일어나!"

엄마 마음은 흔들리지 않았다. 우린 모두 일어났다.

나는 식당에 있는 그릇장을 뒤져서 검게 변색된 은 숟가락이 담긴 초록 상자를 꺼냈다. 은 숟가락 광내기를 하려니 유치원 시절이 떠오른다. 그때 잡다한 온갖 집안일을 했었다. 정리하기라거나 문질러 묵은 때 벗기기, 뭉툭한 바늘로 어마어마하게 큰 단추 꿰매기. 사실 지금도 그런 일이 좀 좋다. 나는 식탁에 앉아서 콧노래를 흥얼거리며 걸쭉한 분홍색 광내기 액을 약솜으로 숟가락에 잔뜩 발라 놓고 표면의 검은 부분이 벗겨지는 모습을 지켜보았다.

엄마는 바람처럼 움직이며 커다란 양파와 마늘 더미를 작은 절단기를 써서 다지고 거대한 냄비를 가스레인지에 올렸다. 냄비 속에서 양파가 소리를 내며 익자 엄마는 신선한 생강과 토마토, 양념을 넣었다. 이렇게 하면 엄마가 만드는 모든 음식의 기본인 마살라(인도 요리에 사용되는 혼합 향신료)가 된다. 창문도 열려 있고 냄새 빼는 환풍기도 돌아가고 있는데도 집 안은 마살라 향으로 가득하다. 나는 옷에 냄새가 배지 않도록 미리 내 방문을 꼭 닫아 두었다. 머리카락에는 이미 냄새가 스며들었지만 다행히 오늘은 외출할 일이 없다.

이런 우리 집 음식 냄새가 나에게 배면 어떤 일이 일어나는지를 깨닫게 해 준 아픈 경험이 있었다. 4학년 때, 나는 엄마가 일찍 일어나 출근 전에 요리를 한 어느 아침에 점퍼를 부엌에 놓아둔 적이 있다. 그날 학교 강당에서 첫 수업 종을 기다리는데 줄리가 과장되게 큰 숨을 들이쉬더니 말했다.

"누가 중국 음식 싸 왔어?"

그러고는 마치 사냥개가 사람 발자취를 탐지하듯이 날 찾아와 아주 당황스럽다는 듯한 목소리로 이렇게 말했다.

"어머, 세상에. 너구나."

모두가 웃기 시작했다. 그리고 언제나 반에서 가장 고약한 아이인 루크가 날 중국집 이름 같은 '후난성 익스프레스'라고 불렀다. 에밀리는 그게 정말 우습다는 듯 끝없이 루크를 따라 했다. 그게 진짜 내 별명으로 남지는 않았지만 적어도 3일 동안은, 그러니까 루크가 새로운 희생양을 발견할 때까지 그 별명으로 놀림을 받았다. 마살라 양념에 눈이 따가워지는 동시에 그때의 기억으로 나는 얼굴이 달아올랐다.

"뭐 만들어요?"

에밀리 생각이나, 수진이가 왜 갑자기 에밀리가 싫지 않은 것처럼 행동하는지에 관한 생각을 떨쳐 버리려고, 나는 엄마에게 말을 걸었다. 잔치를 한다는 얘기도 없었는데 엄마는 손님이 많은 잔치 때만 쓰는 큰 냄비를 쓰고 있었다.

"네 큰아버지 오실 때 대비해서 냉동해 두려고 만드는 거야."

"냉동을 시킨다고요? 오셨을 때 그냥 만들면 안 돼요? 한 사람 입밖에 늘지 않잖아요."

"우리는 평소에 먹고 남은 음식을 다음 끼에도 먹고 그러잖아. 그런데 큰아버지 계실 때는 안 그럴 거니까, 끼니마다 새로 요리할 시간이 없을 때를 대비해서 미리 만들어 두는 거야."

아빠가 먼지에 덮인 작은 진공청소기를 들고 차고에서 부엌으로 왔다.

"이거 쓸 거야?"

"아니, 그거 작동 안 돼. 버려. 우린 어쩌면 이렇게 쓰레기를 많이 모았을까?"

"저녁 때 누가 와?"

아빠가 큰 냄비 안을 들여다보며 물었다.

"아니! 아주버님 드실 음식 만드는 거잖아."

"여보, 내가 괜히 무리하지 말라고 이미 얘기했……."

긴 한숨부터 내뱉는 엄마의 이마에 송글송글 땀이 맺혔다.

"뭐 자기한테는 아버지 같은 분이라서 여기 와서 만족하지 못하실까 봐 걱정된다고 할 때는 언제고, 이제는 또 준비하지 말라는 거야?"

"내가 걱정하는 부분은 음식이 어떤가, 집이 얼마나 깨끗한가, 뭐 그런 게 아니야. 형님께서 우리가 사는 방식을 못마땅해 하실까 봐 그러지!"

'우리가 사는 방식이 뭐가 어떻다는 걸까?'

나는 숟가락 광내기를 멈추고, 엄마 아빠가 언쟁을 할 때면 늘 그러듯 날 다른 방으로 보내지 않기를 바라며 가만히 앉아 있었다.

엄마가 주걱을 냄비 벽에 부딪히도록 세게 저으며 말했다.

"우리가 사는 방식에는 아무 문제도 없어. 우리는 열심히 일하고 있고, 자식들도 어엿하게 키웠다고."

"알지, 알지. 그런데 형님이 굉장히…… 보수적이신 분이라 그래. 우리가 이슬람 문화를 버릴까 봐 걱정하셔. 그리고 모든 걸 흑백으로 생각하시는 편이기도 하고."

이렇게 말하는 아빠의 목소리는 마치 몇 천 킬로미터 떨어져 있는 큰아버지에게 자신의 목소리가 들릴까 걱정이라도 하는 것처럼 작다.

"핼러윈도 싫어하실까요?"

내가 아무 생각하지 않고 불쑥 끼어들었다. 아빠는 내가 있다는 사실에 깜짝 놀란 듯 획 고개를 돌려 나를 보았다.

"그게 무슨 뜻이야, 기타?"

아빠 목소리가 갑자기 부드러워졌다.

"음…… 작년에 일요 학교에서 어떤 부모님들이랑 선생님들이 핼러윈을 즐기는 건 우리에게 금기라고 했던 거 기억나세요? 악마 숭배 같은 데서 유래한 날이라나 뭐 그래서 우린 핼러윈 행사에 참가하면 안 된다고 했어요."

아빠는 얼굴을 찌푸렸지만 눈빛만은 흥미롭다는 듯했다.

"큰아버지가 핼러윈을 들어 보신 적이나 있는지 모르겠지만, 그리 좋아하지 않으실 것 같기는 하다."

"핼러윈 때도 여기 계시면, 그래도 저 분장하고 사탕 받으러 나가도 돼요?"

수진이와 나는 이미 케첩 병과 머스터드 병으로 분장하고 함께 나가기로 결정했다.

"그럼, 그럼. 가도 되고말고."

이번에는 아빠가 한숨을 쉬었다. 아빠는 물 한 잔을 들고 내 맞은편에 앉는 엄마를 보며 말했다.

"당신 말이 맞아. 우리가 서로 다른 이유로 형님 오시는 걸 걱정하고 있네. 그래도 별일 없을 거야."

"그랬으면 좋겠어."

엄마는 이렇게 대답했지만, 정말 안심이 된 목소리는 아니었다. 부엌에 오빠가 들어왔고 아빠는 말을 이었다.

"그리고 형님은 어릴 때 코란을 다 암기하셨고 여태 한 글자도 안 잊어버리셨어. 아이들 대회 나가는 거 도와주실 거야."

"무슨 대회요?"

오빠가 이렇게 묻고는 과일 바구니에서 사과 하나를 꺼내 베어 물었다.

"기도 전에 말릭 이맘 이야기하는 거 못 들었냐?"

"네, 아마 기도에 집중했나 봐요."

오빠는 사과를 씹으며 얼렁뚱땅 대답하고 바닥을 내려다보았다.

"이슬람 센터가 코란 낭송 대회를 연다고 해서 내가 너희 둘 다 참가 신청했다."

"예? 난 안 해요!"

"너 그 말투."

엄마가 오빠에게 경고했다.

"아니, 전 결정권이 없어요?"

오빠는 눈썹을 치켜 올린 채 엄마와 아빠를 번갈아 가며 보았다.

내 배 속에서 뭔가가 움직인 건 음식 냄새 때문도, 배가 고파서도 아니다. 엄마 아빠와 언쟁하는 오빠를 보기 불편한 마음과 대회에 나가기 끔찍하게 싫은 마음이 함께 휘돌았기 때문이다.

'그래도 어쩌면 오빠가 따져 주는 덕분에 우리 둘 다 대회에서 빠질 수 있을지도 몰라.'

"너하고 아미나 참가시켜 달라고 말릭 이맘이 나한테 특별히 부탁하더라. 좀 지원을 해 달라는데 해 주어야지."

아빠는 말릭 이맘의 부탁을 가볍게 넘길 생각이 없는 모양이다. 아빠와 말릭 이맘은 나이 차이가 많지만 절친한 사이이고 작년에 결혼을 하기 전까지만 해도 말릭 이맘은 우리 집에 자주 놀러 왔었다. 오빠 어렸을 때 아이스 스케이트 타는 법을 가르쳐 준 것도 말릭 이맘이다.

"저 학교 공부는요? 숙제는요? 그 대회 준비하는 데 시간 많이 들잖아요."

"농구할 시간 낼 수 있으면 이거 할 시간도 낼 수 있지."

학교 농구 대표팀 선발에 참가하고 대표팀에 합류해도 좋다는 허락을 받은 후 오빠는 숙제도 빼먹지 않고 쓰레기와 재활용품 내다 놓는 일도 알아서 했다. 전에 비해 엄마 아빠 말에 반박도 별로 하지 않았다. 지금 이 순간까지는 말이다.

"아니, 말도 안 돼요! 모르는 사람들 잔뜩 모인 앞에 서서 아랍어 낭송을 하라니. 저는 잘하지도 못하고 진짜…… 민망할 거라고요."

'아아 부디……'

이제 엄마도 합세했다.

"그냥 모르는 사람들이 아니야, 무스타파. 너와 같이 사는 공동체 사람들이지. 네 농구팀이나 친구들만큼이나 중요한 사람들. 너는 어린

아이들한테 본보기가 될 거라고."

"그러니까…… 저한테는 아예 결정권이 없다는 말씀이세요?"

답답한 표정으로 오빠는 반쯤 먹은 사과를 거의 휘두르며 물었다.

"그래, 그런 말이다."

아빠가 단호하게 답했다.

아빠를 빤히 쳐다보는 오빠가 뭔가 말하는가 싶었다. 그런데 사과만 한 입 더 베어 물더니 뒤를 돌아 부엌에서 나가 버렸다.

나는 한마디도 하지 않았다. 한마음으로 뭉친 엄마 아빠는 이미 자식들이 이 대회에 나가야 한다고 결정을 했다. 내가 아직 사람들 앞에 서면 겁이 난다는 것을(극복할 때가 되었다는 말을 아무리 들었어도 아직 극복하지 못했다는 것을) 말해 봐야 소용없을 것이다. 내가 하는 아랍어 낭송을 들으면 어차피 엄마 아빠는 자랑스럽긴커녕 부끄러우리란 말도 해 봐야 소용없을 것이다. 아빠는 언제나처럼 '부끄러울 게 뭐냐? 다른 사람들 생각에 왜 신경을 써?' 할 것이고, 나는 아빠야말로 큰아버지와 말릭 이맘의 생각에 엄청나게 신경을 쓰지 않느냐는 반박을 하지 못할 것이다. 그리고 지금 내가 무슨 말을 하건, 엄마 아빠는 오빠와 마찬가지로 핑계를 댄다고 생각할 것이다. 나는 생각에 빠져 손톱을 물어뜯었다.

'어떻게든 이 대회에 안 나갈 방법을 찾고 말겠어.'

7. 수진이네 집

수진이가 열쇠로 문을 열자마자 수진이네 집 대문에서 커다란 경보가 울렸다.

"잠시만."

수진이가 서둘러 경보기에 암호를 눌렀다.

"들어와. 엄마는 오후에 수업이 있고 할아버지는 아마 위층에서 주무실 거야."

나는 운동화를 벗어서 현관 앞 작은 카펫 위에 가지런히 놓았다. 수진이네 집에 오면 늘 우리 집과 닮았단 느낌이다. 집 안에서 모두가 신발을 벗고 생활하는 것도 그렇고 공기 중에 늘 희미한 음식 냄새가 남아 있는 것도 그렇다.

"진짜 배고프다."

수진이는 계단 앞에다 가방을 쿵 내려놓고는 서둘러 부엌으로 들어갔다. 부엌 문 옆에 가방을 내려놓고 따라 들어가니 수진이는 이미 식료품 벽장 안에 들어가 있다.

"뭐 먹을래? 감자 칩? 쌀 과자? 오레오?"

"감자 칩 좋네. 뭐 좀 마셔도 돼?"

나는 지난번처럼 실수하지 않고 싱크대 옆 냉장고를 열었다. 처음 수진이 집에 온 어느 날 오후, 나는 부엌에 냉장고가 두 개나 있는지 알지 못했다. 김치를 보관하는 냉장고, 그러니까 몇 달 동안이나 삭힌 채소가 들어 있는 냉장고가 따로 있단 것을 말이다. 나는 아무 경고도 듣지 못한 채 그 김치 냉장고를 열고 말았고, 혹 밀려오는 시큼하고 강렬한 냄새에 "으아!" 하고 소리를 질렀다. 수진이와 수진이 어머니는 냉장고 문을 쾅 닫는 나를 보며 웃었다.

나는 사과 주스 두 잔을 따라 수진이 옆 높다란 의자에 앉았고 우린 치즈 맛 감자 칩을 먹었다. 아니, 나는 먹었고 수진이는 순식간에 흡입한 후 내가 다 먹기를 기다렸다.

"경미는?"

내가 물었다. 경미는 초등학교 4학년인 수진이 여동생이다. 마치 수진이의 조금 더 작고 수줍음 많고 조용한 버전인 것 같은 경미를 보면 나도 여동생이 있었으면 하는 마음이 종종 든다. 라비야가 있긴 하지만 친동생 말이다. 하지만 정작 수진이는 경미가 짜증 난다고 한다.

"미술 수업 갔어."

"너는 왜 요새 미술 안 배워?"

수진이는 공예를 좋아했었다. 작년에 목판화로 직접 만들어 내게 준 생일 축하 카드를 나는 아직도 가지고 있다.

"춤이 더 좋아."

수진이는 일주일에 두 번 방과 후 재즈 댄스와 발레 수업을 받는다. 학교에서 빈 복도만 만나면 껑충껑충 스텝을 밟는다.

마룻바닥 삐걱거리는 소리가 나더니 갈색 카디건을 입은 할아버지가 뒷짐 진 채 부엌으로 들어왔다. 수진이가 빠르게 일어나 꾸벅 허리를 숙이곤 "안녕하세요?"라는 한국말로 할아버지에게 인사했다.

나도 일어나 몸을 숙여 인사했다. 수진이 할아버지는 수진이네 나머지 가족과 달리 영어를 별로 쓰지 않는다. 하지만 언제나처럼 따뜻한 미소로 고개를 살짝 끄덕하며 우리 인사를 받았다.

몇 년 동안 수진이가 가르쳐 준 한국어 문장들이 꽤 되어서 나는 수진이가 지금 할아버지에게 하는 말이 먹을 것을 드릴지 묻는 말이란 걸 안다. 할아버지는 고개를 저었고, 직접 차를 준비하고 배 한 개를 완벽히 사 등분 해 가지고 거실로 나갔다. 거실 안락의자에 앉은 할아버지는 텔레비전을 켜 한껏 높은 볼륨으로 한국 위성방송을 보았다.

"우리 방에 가자. 여기 있으면 안 들려서 얘기 못 하니까."

한국 드라마에서 나오는 지나칠 정도로 극적인 음악이 우리 엄마 아빠가 보는 우르두어 드라마의 머리 멍멍해지는 배경 음악을 닮았다.

수진이 방은 내 방보다 작고 벽엔 예쁜 초록색 페인트칠이 되어 있다. 침대 위에는 빨간 테두리 액자 두 개가 걸려 있는데 안에 까맣고 굵은 글씨로 된 한국어 글자가 하나씩 들어가 있다. 처음 수진이 집에 왔을 때 그 글자가 무슨 뜻이냐고 물었더니 수진이는 자기 이름이라고 했다. 수진이란 이름에 보물이라는 뜻이 있다는 이야기도 해 주면서. 그게 정말 멋지다고 생각한 나는 수진이의 열한 살 생일 때 보물 상자 모양

은빛 목걸이를 선물했다. 그때 이후로 수진이는 그 목걸이를 매일 하고 다녔는데, 이름을 바꾸고 나면 어떨지 알 수 없다.

'그때도 내 목걸이를 할까? 저 액자도 떼어 내고 멜라니라고 쓰인 싸구려 머그잔으로 방을 꾸밀까?'

생각을 바꾸려 나는 말했다.

"이번 겨울이 지난 수십 년 중 가장 눈이 많이 오는 겨울이 될 거래. 눈 와서 학교 안 가는 날 많았으면 좋겠다."

"그러게. 작년엔 하루도 없었잖아."

폭설 휴교가 나는 정말로 좋다. 이곳 밀워키에서는 30센티미터 이상이 와야 한다는 높은 기준이 있지만 일단 휴교가 되면 동네 파티 같다. 다들 대단한 눈싸움을 하고 엄마와 나는 크로스컨트리 스키를 타고, 오빠는 집 앞 눈 치우는 일로 동네에서 용돈을 가장 많이 번다.

"오늘은 과학이랑 수학 숙제가 하나도 없네."

"맞아. 그래도 다음 시간에 계속할 오리건 게임 대비해서 자료 읽어야 해."

"나는 읽고 있어. 너 그 개척자들이 다람쥐도 먹었다는 거 알아?"

수진이가 침대에 털썩 앉으며 말했다.

"으으. 브래들리가 그런 거 좋아하겠네. 그런데 브래들리 걔 의외로 좋은 아이디어를 좀 내더라."

"그러게 말이야. 강 건너는 방법은 걔 말이 확실히 맞았어. 아마 실제로 보이스카우트라거나 뭐 그럴 것 같아."

"그리고 에밀리도 꽤 잘하는 것 같아."

"무슨 뜻이야?"

"좋은 팀원이고 우리 팀 승산을 높여 준다고."

나는 아무 말 하면 안 된다고 스스로를 설득하며 잠시 가만히 있었다. 그러나 결국 말이 나와 버렸다.

"그러니까 너는…… 이제 걔랑 친구라도 하고 싶은 거야?"

"모르겠어. 전에는 에밀리가 참 철이 없었지. 그런데 내가 보기엔 변했어. 노력을 하고 있고 지금은 그렇게 나쁜 애가 아니야."

'그렇게 나쁜 애가 아니라고?' 나는 또 무슨 말이 튀어나올까 봐 입술을 깨물었다. 지금까지 오랜 세월, 나는 에밀리를 생각하면 화가 치밀었다. 수진이와 나를 내내 지독하게 대한 아이다. 그런데 수진이는 그걸 너무 쉽게 잊어버리려는 것 같다.

"너…… 음…… 이번 주에 걔네 집에 가는 거야?"

나는 이렇게 묻고 수진이가 내 표정을 못 보도록 책으로 고개를 숙였다.

"모르겠어. 엄마한테 아직 안 물어봤어."

나는 천천히 숨을 내쉬었다. 수진이가 갑자기 방과 후까지 에밀리와 시간을 보내거나 하는 것은 아닌 모양이니. 하지만 아무리 에밀리가 우리 조에 있는 게 내 예상만큼 끔찍하지는 않아도 나는 후회가 든다. 내가 먼저 다른 아이를 제안해 우리 조에 합류 시킬걸……. 그랬다면 난 이렇게 나쁜 사람이 된 기분을 느낄 필요 없었을 것이다. 누군가를 기꺼이 못 받아들이는 매정한 사람이 된 기분도. 또 이렇게 오리건 산길을 간 사람들처럼 지도에 없는 낯선 땅에 발 디딜 필요도 없었을 것이다. 수진이가 에밀리를 '그리 나쁘지 않은 아이'라고 생각하는 땅 말이다.

8. 수진이와 수전이

"나왔어!"

강당으로 수진이가 달려 들어오며 외쳤다. 잔뜩 신이 나서 붉어진 얼굴이다.

"뭐가?"

"우리 시민 선서식 날짜 나왔어. 그러니까 공식적으로 미국 시민 되는 날짜를 받은 거야!"

수진이는 기뻐서 뛰어올랐다.

"잘됐다!"

내 말에 다른 아이들이 무슨 일인가 하고 다가왔다.

"우리 아빠 진짜 신났어. 어제는 우리한테 이걸 사 주더라고."

수진이는 스웨터에 꽂힌 작은 미국 국기 모양 배지를 가리켰다.

우리 아빠였어도 그 비슷한 일을 했을 것 같다. 하지만 우리 엄마 아빠는 내가 훨씬 어렸을 때 시민권을 얻었고, 나는 그때가 기억나지 않는다.

"언젠데? 뭘 해야 되는데?"

마고가 물었다.

"10월 20일이야! 수백 명은 되는 사람들이 모일 거야. 아마 다 같이 시민 선서식을 할걸. 난 그날 학교도 못 나와."

"좋겠네!"

앨리슨이 말했다.

"진짜 잘됐다."

내가 말했다.

종이 울리고 모두가 교실로 가기 시작하는데 수진이가 내 팔을 잡았다.

"그리고 나…… 새 이름 결정했어!"

수진이는 내 귀에 속삭였다.

"뭔데? 멜라니?"

나는 되도록 아무렇지 않게 반응하려고 애썼다.

"수전."

기대하는 표정으로 수진이는 나를 보았다.

"수전?"

"응, 어때?"

"전에 마음에 든다고 했던 이름 중엔 없었던 것 같은데. 그렇지?"

"맞아. 어젯밤에 생각해 낸 거야. 수진이라는 이름하고 꽤 비슷하지 않아?"

수진이는 이렇게 말하고 싱긋 웃었다.

"응. 그런데…… 그러면 그냥 수진이 계속 하지 그래?"

수진이의 표정이 곧바로 어두워지는 것을 보자, 나는 뱉은 말을 주워 담을 수 없는 게 안타까웠다.

"지금쯤이면 네가 이해할 줄 알았어."

"이해해, 정말로. 수전, 진짜 좋은 이름이야."

수진이 목에 걸린 보물 상자 목걸이에 내 눈이 갔다.

"고마워. 나도 그렇게 생각해."

수진이가 내 팔을 살며시 쥐었다가 놓았다.

"안녕, 애들아?"

복도에서 마주친 에밀리가 외쳤다.

'애들아는 무슨……'

수진이는 에밀리의 사물함 앞으로 가서 이야기를 나누었고, 나는 그
옆을 지나며 둘이 수진이의 시민권 발급 이야기를 하는 것을 들었다. 그
때 밀려든 불편한 기분은 그날 내내 날 떠나지 않았다가 사회 시간에는
더욱 커졌다. 브래들리 옆자리에서 과제에 집중하는 것도 쉬운 일이 아
니었지만 시야 가장자리에서 수진이가 에밀리와 이야기하는 모습이 보이
고, 에밀리가 몸을 기울여 건넨 무슨 말에 수진이가 미소를 짓자 뜨거운
질투가 내 가슴을 뚫고 지나갔다.

불난 데 부채질을 한 것은 우리의 오리건 산길을 갑자기 고생길로 만
들어 버린 브래들리였다.

"아미나가 콜레라에 걸림. 그리고 우리 수레바퀴 하나 빠짐."

9. 큰아버지를 만나다

"보인다!"

시카고 국제 공항, 아빠는 목을 빼고 도착 출구의 보안 검색대 너머를 보려고 애썼다.

자동문으로 나온 건 검정색 재킷을 입은 건장한 라틴계 남자다. 나는 키득키득 웃었지만 아빠는 아무 반응이 없다. 형님이 도착한다는 사실에 너무 긴장한 아빠는 가만히 서 있지 못해 왔다 갔다 하고, 피부색이 짙거나 흰 수염 난 사람만 보면 펄쩍 뛰었다. 아빠의 주장에 따라 우린 큰아버지가 탄 비행기가 착륙하는 시간보다 네 시간 빨리 집에서 나온 다음 차로 한 시간 반을 달려 공항에 도착했다.

"왜 안 나오시지? 비행기 벌써 한 시간 전에 도착했는데."

초조할 때 나오는 습관대로 손으로 머리를 쓸어 넘기기를 다섯 번째 반복하며 아빠는 말했다.

"곧 오실 거야."

엄마는 말했다. 엄마는 차려입은 밤색과 검정색 샬와르 카미즈에 주름이 가지 않도록 조심하며 공항 의자에 앉아 있었다.

"입국 심사대에서 고생하고 계시는 건 아니겠지? 아니면 가방을 다 수색 당하신다거나."

"괜찮을 거야. 걱정하지 마."

엄마는 말했다.

이렇게 안절부절못하는 아빠를 언제 또 본 적이 있는지 모르겠다. 아빠는 남색 트위드 재킷을 입고 반짝거리게 닦은 신발을 신었다. 나는 엄마의 강력한 주장에 따라 벨벳으로 된 원피스를 입었고 오빠마저도 다림질한 셔츠와 구멍 안 난 청바지를 입는 데 투덜투덜 동의했다. 지금은 10월 첫째 주밖에 되지 않았지만 함께 큰아버지를 기다리는 우리 모습은 꼭 산타와 함께 사진을 찍으려고 한껏 축제 옷을 차려입은 가족 같다.

"오신다!"

아빠가 열린 문을 가리켰다. 구겨진 셔츠를 입고 회색과 흰색이 섞인 굵은 머리카락에 쿠피를 눌러쓴 사람은 정말 큰아버지다.

아빠는 큰아버지에게 달려갔고 형제는 환하게 웃으며 서로의 등을 두들겼다. 엄마가 큰아버지에게 고개를 숙여 인사했다.

"앗살람왈라이쿰. 잘 오셨습니다."

나는 큰아버지를 껴안아야 하는지, 아니면 이슬람 삼촌들이 항상 하듯 큰아버지도 내 머리를 쓰다듬길 기다려야 하는지 알 수 없어서 뒤에 서 있기만 했다.

"아미나, 무스타파."

아빠는 처음 만나 정식 소개가 필요한 사람을 부르듯 우리에게 다가오라고 손짓했다.

"우리 아미나."

큰아버지는 이렇게 말하며 내 이마에 입을 맞추었다. 오빠에겐 한 팔로 끌어안고 뺨에 입을 맞추었고, 오빠는 곧바로 뺨을 닦았다.

"많이 컸구나, 무스타파. 이렇게 오랜만에 조카들 보니 참 좋다."

큰아버지는 전화기 너머로 들을 때보다 낮고 걸걸한 목소리로, 그리고 우르두어로 천천히 말했다. 나는 엄마 아빠가 가르쳐 준, 어른들에게 쓰는 예의 바른 우르두어 문장 몇 개로 답했다. 하지만 흔한 그 말들을 하고 나니 더는 할 수 있는 말이 없다. 다행스럽게도 아빠가 대화를 이었다.

"제가 들게요."

아빠가 큰아버지의 바퀴 달린 짐가방 손잡이를 쥐었다. 오빠는 큰아버지의 서류 가방을 들었다. 내가 곁눈으로 흘깃 보니 큰아버지는 아빠보다 키가 조금 더 크고 사진에서 볼 때보다 아빠와 더 많이 닮았다. 두 사람 다 눈썹이 두툼하고 큰 코가 일자로 뻗었다. 가장 다른 점은 아빠에겐 검은 머리가 많고 큰아버지는 거의 백발이라는 점이다. 머리카락과 색이 같은 턱수염도 굵고 길어 역시 산타클로스가 생각난다.

"오시는 길은 어떠셨습니까? 잠은 주무셨어요? 배 많이 고프시죠?"

나머지 짐을 찾으러 짐 나오는 곳으로 가면서 아빠는 질문을 쏟아냈다.

"오는 길이 참 길었지만 드디어 이렇게 왔구나. 알함두릴라."

"맞습니다. 알함두릴라."

아빠는 힘차게 대답했다.

큰아버지가 고개를 돌려 죽 늘어선 가게를 쳐다보았다. 싸구려 기념품 가게, 패스트푸드점, 잡지 가게, 과자 가게 그리고 많은 여행객들과 공항 직원들과 비행기 승무원들이 양 방향으로 우리 옆을 바쁘게 지나간다. 나는 큰아버지에겐 지금까지 본 미국의 인상이 어땠는지 궁금해지고, 부디 지금 보이는 것들이 마음에 들기를 바란다. 하지만 표정만 보아선 알 수가 없다.

"좀 더 빨리 걷자, 아미나. 큰아버지 어서 집에 모시고 가야지. 갈 길이 멀다."

"가자, 가자."

큰아버지가 한 팔을 내게 두르며 말했다. 나는 미소를 지으며 큰아버지를 올려다보았다.

'여태 나는 괜히 긴장했던 것인지도 몰라.'

10. 어려운 큰아버지

"아휴, 좀 더 드세요, 바이 잔. 거의 드신 게 없어요."

엄마는 내가 지난주에 반짝이게 닦아 놓은, 지금은 매콤한 시금치 양고기 스튜가 담겨 있는 은그릇을 집어 들어서 큰아버지 앞으로 내밀었다.

내 접시는 아직 절반쯤 차 있다. 엄마가 만든 음식을 종류 별로 조금씩만 먹었지만 내게는 그것도 너무 많았다. 시금치 양고기 스튜 말고도 카레로 양념한 닭고기, 렌틸콩, 밥과 채소, 난, 샐러드, 요거트 소스까지……. 지금 우리 집 식탁은 엄마가 손님을 잔뜩 초대해 잔치를 열때와 같다, 떠들석한 손님들이 없다는 점이 다르지만. 또 하나 다른 점은 오빠와 내가 손님들의 아이들과 함께 지하나 부엌에 모여 밥을 먹는 것이 아니라 부엌 옆 식당에서, 금빛 테두리가 있는 도자기 그릇에 담긴 음식을, 풀 먹여 빳빳한 흰 냅킨으로 입가를 닦아 가며 먹고 있다는 점이다.

큰아버지는 손사래를 치고 고개를 저었다.

"이젠 더 못 먹겠습니다. 전부 맛있지만 한술도 더 못 뜰 만큼 배가 찼어요."

큰아버지가 그 말을 하는 도중에도 엄마는 카레 한 국자를 큰아버지 그릇에 더 얹고 있었다. 그리고 나와 오빠에게 말했다.

"아미나, 차이 차 타게 물 좀 올려놔라. 무스타파, 넌 식탁 좀 치워 주고."

엄마가 내 접시에 남은 음식을 눈치채거나 지적할 여유가 없는 걸 다행스럽게 여기며, 나는 내 접시도 가지고 일어섰다. 오빠는 빈 접시 몇 개를 더 쌓아 나와 함께 부엌으로 들어갔다. 그리고 싱크대에 접시를 내려놓곤 고개를 절레절레 저으며 말했다.

"아, 무슨 음식이 이렇게 많아? 엄마 3개월 내내 이렇게 하실 순 없을 텐데."

"그러게 말이야. 남은 음식 얼마나 많은지 봤어?"

"우리, 큰아버지 꼬드겨서 앞으로 햄버거랑 피자, 치킨 윙 같은 것만 드시고 싶게 만들자."

"또, 종이 접시에다가 드시고 싶게."

나는 점점 높이 쌓이는 접시를 보며 말했다.

무거운 은주전자에다 물을 채운 나는 평소 쓰는 낡은 머그잔들을 꺼냈다가, 아차 하고는 금빛 테두리 찻잔과 잔 받침 세트를 꺼냈다.

"디저트 뭐지?"

오빠가 냉장고 안을 들여다보며 말했다.

"유후!"

신이 나 외친 오빠는 진한 꿀색 시럽에 동그란 것이 가득 떠 있는 커다란 유리그릇을 조심스럽게 꺼냈다.

"굴랍자문? 엄만 언제 이걸 다 만들었지?"

나는 말했다. 끈적끈적하고 달콤하며 도넛 같은, 파키스탄 디저트 중에 내가 가장 좋아하는 이 음식은 만드는 데 시간이 아주 많이 걸린다.

엄마가 음식 담긴 커다란 접시 두 개를 식당에서 부엌으로 가지고 들어와 말했다.

"너희 둘, 식탁 마저 치우고 그릇도 식기세척기에 좀 넣어 줄래?"

엄마는 잔뜩 피로해 보이는 하품을 했다. 오빠가 내게 입 모양으로 '피자, 피자'라고 했고 나는 잠시 예전의 오빠가 돌아온 것 같다고 느끼며 싱긋 웃음으로 답했다.

차가 다 준비되었을 때 우리는 큰아버지 주변에 모여 앉았다. 엄마가 카르다몸으로 향을 낸 김이 모락모락 나는 우윳빛 차에 설탕을 섞어 큰아버지에게 건넸다. 나는 굴랍자문을 한 입 베어 물었고 입안에 곧장 달콤함이 퍼졌다.

"바이 잔, 파키스탄은 어떻습니까?"

아빠는 만족스러운 얼굴로 빈 디저트 그릇을 탁자에 내려놓고 물었다.

"하루하루 더 어려워지고 있다."

큰아버지의 눈이 슬퍼 보인다.

"물가가 치솟아서 밀가루 같은 기본적인 것도 너무 비싸다 보니 가난한 사람들은 단순한 빵을 먹는 것조차 어려워. 알라께서 자비를 베푸시기를 기도할 뿐이다."

달콤한 굴랍자문이 배 속에서 납덩이처럼 느껴진 것은 내가 조금 전

남겨서 쓰레기통에 버린 음식이 생각났기 때문이다.

"그렇지만 우리 가족은 잘 지내고 있다. 알함두릴라. 사업이 성장하고 있고 아이들도 잘 지내고. 아흐메드는 의대에 합격을 했어."

"아이고, 이런 경사가! 정말 자랑스러우시겠습니다, 형님."

오빠가 자기 손을 코앞에 대고 손톱을 관찰했다.

"내가 여기 온다니까 다들 안부 전해 달라고 부탁을 하더라. 이런, 깜박 잊고 있었네. 무스타파, 내 짐 가방 좀 가져다 다오. 너희 사촌들이 뭘 좀 보냈어."

오빠가 잽싸게 일어나 짐 가방을 끌고 왔다. 큰아버지는 가방을 열어서 이상한 모양으로 포장된 꾸러미들을 꺼냈다. 선물을 나누어 주는 큰아버지 모습에 또 산타가 생각났다.

"이건 네 거다, 아미나. 네 큰어머니가 보낸 거다."

나는 주름진 분홍색 셀로판지에 싸인 울퉁불퉁한 선물을 건네받았다.

"그리고 이건 네 사촌들이 준 거."

주름진 셀로판지를 펼쳐 보니 선명한 파란색 샬와르 카미즈가 나온다. 조그만 보라색 페이즐리 무늬와 금빛 단추가 달려 있다. 우르두어 글자가 가득한 신문지를 풀어 보니 유리로 만든, 섬세한 팔찌가 들어 있다. 내 사촌 중 하나가 광택이 나는 작은 보석함을 보냈고, 또 다른 사촌은 파란색과 흰색 구슬을 엮어 만든, 벽에 거는 장식품을 보냈다. 아랍어로 커다랗게 '알라'라고 새긴 나무 조각이 달려 있다.

"이렇게들 챙겨 보내지 않으셔도 되는데요, 형님. 마음으로 보내 주시는 사랑과 기도만으로도 충분한데요."

큰아버지가 건넨 까만색 새 샬와르 카미즈의 옷깃을 만지작거리며 아빠는 겸연쩍어 보였다.

"무슨 소리. 다 그냥 마음의 표시일 뿐이다. 다들 보고 싶어 하고, 한번 파키스탄에 와 주길 바라고 있다."

내가 받은 선물 속 아주 얇은 종이에 적힌 편지를 보면, 그건 사실이다.

'보고 싶은 아미나. 잘 지내리라 믿어. 요즘은 어떤 과목 배우니? 파키스탄에는 언제 올 거야? 만난 지 정말 오래되었다. 이 팔찌 마음에 들었으면 좋겠고 네 손목에 잘 맞았으면 좋겠다. 그리고 언젠가 다시 만나길 바라. 한번 놀러 와. 쿠다 하미즈. ― 마리암이 아미나에게'

사촌들을 못 본 지 6년이 되어 여자아이들과 인형을 가지고 놀던 기억과 요리사가 보지 않을 때 부엌에서 망고와 말린 대추를 훔치던 기억 말고는 거의 생각나지 않는다. 가끔 사진을 보거나 안부 편지를 받을 때 말고는 떠올리는 일이 없다. 서로 좀 더 아는 사이였더라면 좋았을 것이다.

"파키스탄에는 언제 한번 다 같이 갈 거냐? 한참 되었잖아."

큰아버지가 마치 내 마음을 읽은 듯이 물었다.

"곧 가야지요, 형님. 인샬라."

아빠가 말했다. 미래 이야기를 할 때면 아빠는 늘 '신의 뜻대로'라는 의미를 담은 '인샬라'라는 말을 한다.

"가려고 이야기는 자꾸 하는데, 쉽지 않습니다."

그것도 사실이다. 온 가족이 파키스탄에 다녀오는 일을 상의하는 엄마 아빠 목소리를 나는 자주 듣는다. 하지만 지금은 직장을 오래 쉴 수가 없는 시기라거나 우리가 학교를 결석할 수 없다거나 하는 이야기가 덧붙는다. 그리고 요즘 미국 사람들이 파키스탄을 방문했다가 병에 걸렸다거나 절도를 당했다거나 하는 무서운 소식들이 점점 많이 들려온다. 그래서 상의는 대체로 "상황이 나아지면 내년에 가자, 인샬라."로 끝난다.

"아이들이 자기 뿌리를 알아야지. 그리고 아이들이 왜 우르두어로 말을 안 하니?"

큰아버지가 이마에 주름이 생기더니 얼굴을 찌푸린다.

"아이들이 우르두어를 듣고 알아듣기는 하는데요, 집에서 저희는 아이들에게 말할 때 영어하고 우르두어 두 가지를 다 씁니다. 그리고 아이들은 저희한테 영어로 말을 하고요."

'아빠가 우리를 부끄러워하는 것 같잖아.' 우르두어가 늘 내 머릿속에선 뒤죽박죽되고 입에선 엉망으로 튀어나온다는 사실이 갑자기 원망스러워졌다. 아랍어를 읽으려고 애쓸 때만큼이나 잘 안 된다.

"우르두어만 써야지. 그리고 아이들이 영어로 말하면 대답하지 마라. 그래야만 애들이 배울 수 있어."

큰아버지는 마치 오빠와 내가 옆에서 듣고 있지 않은 것처럼 이 모든 걸 이야기한다.

내 얼굴이 점점 달아오른다. 큰아버지가 만일 우리가 우르두어로 말하기 전까지는 우리 말을 무시할 계획이라면, 이곳에는 앞으로 아주 많은 침묵이 흐를 것이다.

엄마가 말했다.

"저희는 우르두어보다는 아랍어 공부에 좀 더 집중을 했어요. 애들 코란 읽는 거 한번 들어 보세요."

'아니요, 절대 안 돼요!'

"마샬라, 그건 좋군요."

큰아버지는 좀 누그러진 것 같다. 이번엔 아빠가 말했다.

"그리고요, 형님, 아이들이 곧 이슬람 센터에서 하는 코란 낭송 대회에 나갑니다. 아이들 대회 준비하는 거 좀 도와주시면 좋겠는데요."

"아, 물론이지. 내가 도와주마."

대회에서 빠져나갈 가능성이 희박해져서 나는 절망했다. 하지만 생각을 길게 할 틈도 없이 우리 집 지하 모스크 모양 시계에서 오늘의 마지막 기도 시간임을 알리는 소리가 울려퍼졌다.

우리는 모두 준비하러 일어섰다. 나는 좋아하는 스카프를 집어 들었고 오빠는 알록달록한 기도 깔개를 카펫 위에 깔았다. 평소에는 아빠가 앞에 서서 우리 가족의 기도를 이끌지만 큰아버지가 나이도 가장 많고 코란도 가장 잘 알기에 아빠 대신 그 역할을 맡았다.

내게 익숙한 구절들을 큰아버지가 읊기 시작했을 때 나는 어안이 벙벙할 정도로 놀랐고, 내 음악적 재능이 누구를 닮은 것인지를 이제야 깨달았다. 엄마 아빠를 닮은 것이 아님은 늘 알았다. 아빠는 엄청난 음치고 엄마도 노래를 정확하게 부르는 법이 없다. 하지만 이제 보니 큰 아버지가 아름다운 목소리를 가졌다. 세련된 솜씨로 어떤 단어들은 길게 늘이고 소리의 높낮이를 다양하게 발음하니, 아랍어 문장들이 마치 노래처럼 흐른다. 방에 퍼져나가고 벽에 반사되어 울리고 내 가슴에 메아리친다.

말릭 이맘도 코란을 정말 잘 낭송해서 내가 항상 듣기를 좋아하지만, 큰아버지의 코란 낭송을 들으니 여태 한 번도 경험한 적 없는 방식으로 그 구절들이 내게 와닿는다. 귀를 기울여 들으며, 나도 꼭 그렇게 아랍어를 읊고 싶어진다. 마치 음률 같은 높낮이를 더해 각각의 글자를 (심지어 남들이 듣는 앞에서도) 제대로 발음하는 것을 상상만 해도 행복해진다. 나는 내 기도의 끝에 특별한 바람을 덧붙였다.

'부디 파키스탄에 사는, 먹을 것 부족한 가난한 사람들을 도와주시고 제 사촌들도 보호해 주세요, 알라. 그리고 제가 끝내 큰 '하'를 발음할 수 있게 도와주세요.'

11. 불편한 에밀리의 고백

"그거 뭐야?"

에밀리가 수진이 도시락 통 쪽으로 몸을 기울이며 숨을 들이켰다.

"냄새 진짜 좋다."

나는 쥐고 있던 샌드위치를 떨어뜨릴 뻔했다. 믿기지가 않아 내 맞은 편 수진이 옆자리에 앉은 에밀리를 빤히 보았다. '이제 와서 갑자기 한국 음식을 좋아한다고?'

"모두가 좋아하는 우리 엄마 불고기지. 불고기는 소고기를 양념해 구운 음식을 말해."

그럴 리 없다는 것을 알지만 수진이는 마치 우리가 여태 '그 사건'이라 칭한 일을 잊은 것처럼 행동하고 있다. '그 사건'이란 초등학교 3학년 때 수진이가 도시락에 김치를 싸 오자 에밀리와 줄리가 코를 쥐고는 냄새가 끔찍하다고 난리를 부려, 수진이를 모두의 구경거리로 만든 사건을 말한다.

"나 좀 먹어 봐도 돼?"

에밀리가 포크를 수진이의 불고기 쪽으로 지나치게 흔들면서 물었다. 오리건 산길 게임에서 한 조가 된 후 에밀리는 늘 점심을 우리와 같이 먹는다. 그 일로 내가 수진이에게 무슨 말을 하진 않았다. 수진이는 이미 알고 있다. 갑자기 우리에게 가깝게 다가오는 에밀리를 내가 어떻게 느끼는지를. 이미 내가 그리 은근하지만은 않게 여러 번 표현했다. 하지만 수진이 행동을 보면 내 의견이 어차피 그리 중요하지 않은 것 같다.

"되지, 그럼."

수진이는 도시락 통을 에밀리 쪽으로 밀어 주었다.

"으음, 이거 진짜 맛있다. 아미나, 너도 좀 먹어 봐."

에밀리가 불고기를 씹으면서 말했다.

"난 먹어 봤어. 수진이네 집에 가면 늘 먹어."

불고기는 내가 좋아하는 몇 안 되는 한국 음식 중 하나라는 것은 굳이 말하지 않았다. 나는 시큼한 것이나 삭힌 것, 배추, 계란 프라이, 그 빨간 매운 양념 들어간 것은 건드리지도 않는다.

에밀리가 데친 깍지 콩과 사과가 함께 담긴 자신의 도시락에서 구운 닭고기 너깃을 포크로 찍으며 말했다.

"우리 엄마 아빠도 그런 요리 할 줄 알았으면 좋겠다."

"땅콩버터 쿠키 만들어 주시지 않아? 네가 학급 파티 때 늘 가져오던 거."

나는 묻지 않을 수가 없었다. 정말 맛있어서 내가 초등학교 학급 파티 때마다 맛보길 기대했던 쿠키다. 땅콩 들어간 간식이 학교에서 금지되기 전까지는 말이다.

"그 쿠키 먹으면서 정말 요리 잘하실 거라고 생각했어."

"안 그래. 나도 그랬으면 좋겠어. 엄마가 만들 줄 아는 유일한 몇 가지 음식 중 하나가 그 쿠키라서 늘 그것만 구우셔. 난 질려."

"그럼 평소에 뭘 먹어? 아빠가 요리하셔?"

수진이가 물었다.

"냉동식품 많이 먹어. 아빠가 가끔 고기 구워 주시고. 원래 할머니가 같이 사셔서 맛있는 폴란드 음식 많이 해 주셨는데……."

에밀리는 머뭇거리며 냅킨을 만지작거렸다.

"……몇 년 전에 돌아가셨어. 우리 엄마는 할머니랑 사이가 별로 좋지 않아서 할머니 음식을 배우지 않았고, 그래서 그런 음식은 이제 못 먹어."

"너무 슬프다. 우리는 할아버지랑 같이 살아."

수진이가 말했다. 나도 맞장구쳤다.

"그래, 슬프네."

에밀리는 언제나 완벽하기만 한 삶을 사는 줄 알았는데 어쩌면 아니었던 것도 같다.

"할머니 돌아가시고 나서 엄마가 다시 직장에서 종일 근무를 해. 일이 너무너무 많아서 다른 일은 할 시간이 없어……."

에밀리 어깨가 조금 처졌다. 수진이가 얼굴을 찌푸리며 물었다.

"무슨 일 하시는데?"

"변호사야. 그리고 엄마 말로는 전과 같이 다시 일하게 된 것 자체가 행운이라서 그만큼 더 열심히 일해야 한대."

수진이가 안타까운 표정으로 말했다.

"힘든 상황이네. 우리 엄마도 간호사인데, 우리가 운영하는 음식점까지 있어서 굉장히 바빠. 그래도 우리 집은 엄마 아빠 두 분 다 요리를 잘하셔."

나는 수진이네 아버지가 수북이 쌓인 채소를 칼질하는 모습이 떠올랐다. 아저씨는 늘 내게 빨간 피망이나 브로콜리 한 조각 따위를 내밀면서 신선한지 맛을 봐 달라고 한다. 그러면 수진이네 어머니는 내가 살이 더 찌도록 채소 대신 버터를 주라는 둥 한다.

"가끔 우리 집 와서 저녁 먹어도 돼, 그러고 싶으면."

수진이의 제안에 에밀리의 얼굴이 곧바로 밝아지고 초록색 눈동자가 반짝였다.

"정말?"

수진이는 대수롭지 않다는 듯 답했다.

"그럼. 우리 엄마 아빠는 사람들 음식 해 주는 거 좋아하셔."

"고마워, 수진아."

에밀리와 수진이가 할아버지 할머니와 함께 사는 이야기나 서로의 짜증 나는 여동생 이야기를 나누는 것을 들으며 나는 다시 질투를 느꼈다. 에밀리네 아버지가 건설 업체를 직접 차린 과정 이야기, 수진이네 부모님이 음식점을 운영하며 겪는 어려움 이야기 따위가 오가는 동안 나는 당근 한 조각을 씹을 뿐이었다.

'현실이 되어 가고 있어. 둘이 정말 친구가 되어 가고 있다고……'

나는 손가락 마디가 허옇게 될 정도로 내 의자 가장자리를 꽉 붙잡았다. 수진이에게 에밀리는 언제부터 '그다지 나쁘지 않은' 아이 이상이 되었을까? 그리고 나한테는 그걸 언제 말할 셈이었을까?

밥을 먹고 나서 학교 마당에 나갈 수 있는 15분의 자유 시간이 남았다. 수진이와 내가 늘 가던 커다란 단풍나무로 셋이 함께 걸었다. 에밀리가 나무 그늘 아래서 멈추어 섰다.

"그럼 또 보자."

내가 마침내 한마디 했다. 나는 수진이와 둘이 있고 싶었다. 둘이 있으면 우리 사이가 다시 평소와 같은지, 예전 그대로인지 알고 싶었다. 내 속에 점심밥 말고도 뒤엉킨 것이 너무 많아서 소화를 시킬 시간이 필요했다.

그때 에밀리가 눈썹을 올리며 물었다.

"나 여기서 너희들이랑 있다가 가도 돼?"

수진이가 얼른 나를 보았지만 내 표정을 잘못 읽었는지 아니면 무시했는지 이렇게 대답했다.

"돼."

"잘됐다!"

에밀리는 앉을 자리를 찾더니 낙엽을 좀 치우고 잔디 위에 편하게 앉았다. 그러고는 말했다.

"내가 좀 물어보고 싶은 게 있는데……."

"뭔데?"

수진이가 묻자 에밀리는 풀을 잡아당기고 얼굴을 붉히며 말했다.

"좀 창피한 거야."

"그럼 안 물어봐도 돼."

내가 중얼거리듯 말했다. 그러자 에밀리는 수진이와 눈을 맞추고는 내 쪽으로 살짝 고갯짓을 하며 말했다.

"그럼 나중에 얘기할게."

"아니야, 아니야. 무슨 얘기든 나한테 할 수 있는 얘기면 아미나한테도 해도 돼. 아미나 좋은 애야. 믿을 수 있는 애야."

수진이가 큰 눈으로 나를 보며 물었다.

"그렇지, 아미나?"

"응."

나는 작게 대답했다.

"알았어."

에밀리는 확신하지 못하는 표정으로 대답했다.

"얘기해 봐."

수진이의 재촉에 에밀리는 웅얼거리듯 말했다.

"내가…… 음…… 누구를 좀 좋아해."

에밀리는 내내 수진이만 보면서 말했다. 나는 짜증이 나서 끄응 소리가 나오는 것을 겨우 참았다.

"그래서?"

수진이가 물었다.

"그래서 너희가 보기에 그 애가 날 좋아하는 것 같은지 물어보고 싶

89

었어."

얼굴이 분홍색으로 변한 에밀리는 초조한 듯 웃었다. 나는 수진이도 나처럼 뜨악한지 흘깃 보았지만 웬걸, 흥미진진한 표정으로 듣고 있다!

"누군데?"

수진이가 물었다. 더 잘 들으려는 듯 몸도 숙이며. 나도 에밀리가 누구 때문에 이러는지 궁금해졌지만 안 그런 척했다.

"그…… 우리랑 사회 수업 같이 듣는 앤데……."

에밀리는 지금 받는 주목이 만족스러운 것 같다.

"금발이고……."

그때 내가 불쑥 물었다.

"브래들리? 세상에, 너 브래들리 좋아해?"

"아니이이이! 절대 아냐."

에밀리는 싫다는 듯 얼굴 한쪽을 일그러뜨렸다.

"아미나, 진심이야? 에밀리가 브래들리를 좋아하겠어?"

수진이가 어이없다는 듯 물었다.

"아니! 금발 하니까 제일 먼저 생각난 애라서 그래. 요즘 그 애랑 시간을 너무 많이 보낸 것 같네."

"그게…… 저스틴이야."

에밀리가 속삭였다. 그러고는 꼭 발리우드 영화에서 청혼을 받고 괜히 과도하게 반응하는 여배우처럼 한 팔에 얼굴을 묻었다.

"음, 이해가 가네. 걔 좀 귀엽잖아."

또 '귀엽다'라는 말이 나온다. 귀여운 건 강아지나 아기들이지, 중학교 1학년 남자애들이 어디가 귀엽단 건가? 웩. 저스틴과 나는 초등학교 1학년 때부터 아는 사이이고, 그 애가 내게 처음 한 말을 나는 절대로 잊지 못할 것이다. 그때 우리는 벽 앞에서 나란히 다리를 뻗고 앉아 있었다. 내가 신은 샌들엔 걷거나 두 발을 서로 부딪힐 때마다 불이 들어오는 조그만 장식들이 꽃과 함께 달려 있었다.

"우아, 이거 봐."

저스틴이 내 샌들을 가리키며 말했다. 불이 들어오는 특수 장식에 감탄하는 줄 알았는데 저스틴이 이렇게 덧붙였다.

"네 다리에서 풀 자란다."

나는 깜짝 놀랐다. 작은 소리로 반박했다.

"아니야."

"맞아. 봐!"

저스틴은 내 종아리의 가느다랗고 까만 털을 가리켰다.

나는 눈물이 차올랐고, 뭐라고 대꾸해야 할지 몰랐다. 그래서 그냥 벽에 기대어 앉은 채 부끄러움을 삼키며 집에 가기만을 기다렸다. 그날 이후로 저스틴 주변에 있으면 내가 마치 고릴라가 된 기분이어서 그 애를 피하는 버릇이 생겼다. 다행스럽게도 그 이후로는 그 애가 내 다리 털 이야기를 다시 하지는 않았고 나와 말한 적도 없지만, 나는 그 사건을 여태 잊지 못했다.

5년이 지난 지금, 저스틴의 다리엔 숲이 자랐고, 윗입술 위에도 수염이 있다. 나는 갈색이 섞인 저스틴의 금발과 진한 파란색 눈동자, 그리고 긴 목을 떠올렸다. 저스틴은 항상 저지 티셔츠를 입고 다니고 운동을 잘해 체육 시간에 팀을 나눌 때면 제일 먼저 뽑히는 아이다. 그런 아이 어디에 '귀여움'이 있다는 건지 나는 전혀 이해할 수가 없다.

"그럼…… 네가 보기에 저스틴도 날 좋아하는 것 같아?"

에밀리가 수진이에게 물었다.

"어쩌면. 걔랑 말해 본 적 있어?"

이제 나는 수진이가 흥미를 느끼는 것처럼 연기하는 건지 아닌 건지 궁금하지 않다. 진심이라는 걸 보기만 해도 알 수 있으니까. 나는 몸을 숙여 수진이를 더 자세히 보았다.

'립글로스 바른 건가?'

"내가 저스틴이랑 같은 버스 타고 다니는데, 어제 저스틴이 나한테 책 떨어뜨렸냐고 물어봤어. 나는 그 책 갖고 있지도 않았는데. 그래서 어쩌면 나한테 일부러 말 걸려고 그런 것 같기도 하고……."

"정말로 네가 그 책을 떨어뜨렸는지 아닌지 몰라서 물었을 수도 있지."

내가 지적했다. 어떤 얘기든 좋으니 다른 이야기로 넘어가고 싶어서 수진이와 나는 아직 〈더 보이스〉에서 탈락한, 머리카락을 잔뜩 부풀리고 남부 말투를 쓰는 여자애 이야기도 나누지 못했다. 굉장히 충격적이었던 그 탈락에 관한 수다를 에밀리가 있는 자리에서는 떨고 싶지가 않다.

"그래서 어떻게 됐는데?"

수진이가 마치 내 말을 못 들은 것처럼 몸을 숙이며 에밀리에게 물었다. 나는 갈색 낙엽 더미가 내 앞에 쌓여 가는 걸 보며, 투명인간이 된 기분으로 둘의 이야기를 듣고만 있다. 바람이 천천히 그 낙엽 조각들을 멀리 흩어 버린다. 만약 내가 저 잎 조각처럼 천천히 멀어진대도, 수진이는 눈치채기나 할까 궁금해진다.

12. 안 이를 거야, 오빠

"자, 좋은 소식이 있다……. 두구두구두구……."

말릭 이맘이 일요 학교 교실로 들어오며 말했다.

"뭔데요?"

새미가 손가락으로 책상을 두들겨 진짜 '두구두구두구' 소리를 내며 물었다.

"코란 낭독 대회 날에, 우리 축제도 열린다!"

활짝 웃는 말릭 이맘의 발표에 모두 환호성을 질렀다.

"작년처럼 놀이 기구도 있고 게임도 있을 거야. 그리고 올해는 덩크 탱크(공을 던져 과녁에 맞추면 작고 얕은 물탱크 위 의자가 기울어져, 거기 앉아 있던 술래가 물탱크에 빠지는 놀이를 하는 기구)도 있지. 이슬람 센터를 위한 기금을 모으는 큰 행사가 될 테니까 아직 코란 낭독 대회 신청 안 한 사람은 부모님께 말씀드려서 신청하도록 해."

"덩크 탱크에는 누가 들어가요?"

새미가 물었다. 이 반에서 가장 목소리가 큰 아이다.

"제목이 '이맘을 빠뜨려라'인 걸 보면, 바로 이 몸이지."

"풍선 집도 있어요?"

"솜사탕은요?"

"제가 덩크 탱크에 들어가도 돼요?"

질문이 쏟아지자 말릭 이맘은 어쩔 줄 모른다. 나이마 선생님이 나섰다.

"자, 그만그만. 자세한 안내는 나중에 있을 거야. 들러 주셔서 감사합니다, 말릭 이맘."

"별말씀을요. 맞다, 내용이 상세하게 담긴 안내지도 나눠 줄 거고, 우리 홈페이지에도 다 올릴 거야. 그럼 공부 계속하고, 코란 낭송 대회 연습 열심히 하는 것도 잊지 말고!"

말릭 이맘이 교실에서 나갔다. 하지만 이미 교실은 나이마 선생님이 손쓸 수 없을 만큼 시끌벅적해졌다. 다들 오로지 축제 이야기뿐이다.

"작년에 있었던 그, 커다란 미끄럼틀 달린 달 모양 풍선 집 기억나? 끝내줬는데 그거 이번에도 있었으면 좋겠다."

마마두가 말했다. 이어서 소피아가 이야기했다.

"맞아! 그리고 어른들 대 애들로 크게 했던 줄다리기 경기 기억나? 진짜 재미있었어."

작년 축제에서 줄다리기를 할 때 팔이 얼마나 아팠는지 지금도 생생하다. 하지만 수고가 아깝지 않게 아이들이 어른들을 쓰러뜨리고 이겼다. 아저씨 아주머니들이 바닥에 드러누워서 눈물이 찔끔거릴 정도로 깔깔 웃고, 밧줄을 왜 놓았느냐며 서로를 탓하는 모습이 얼마나 재미있었는지 모른다.

'그 축제에 가려면 난 코란 낭송 대회를 나갈 수밖에 없겠다.' 그 생각만으로도 속이 울렁거린다. 요즘 매일 저녁 식사 후 큰아버지와 함께 앉아서 발음을 연습하고 코란 구절을 외우는데도 말이다. 도무지 느는 것 같지가 않다. 그리고 큰아버지가 우르두어로만 말을 하는 것 역시 연습 시간이 어려운 이유다. 내가 영어로 말하는 걸 듣고 싶지 않은 큰아버지니, 나는 어떻게 해야 그렇게 발음할 수 있는지, 단어를 언제 더 길게 발음해야 하는지 따위의 질문이 생겨도 그냥 묻지 않는다. 그런 질문을 할 수 있는 우르두어 단어를 다 모른다. 그래서 그냥 되도록 빠르게 큰아버지와의 연습을 끝낸 다음 내 방으로 가서 목이 터져라 노래를 부른다. 그러면 아랍어와 씨름하던 속이 노래로 좀 달래진다. 방금까지 코란을 읽다가 모타운 노래를 부르는 기분이 좀 묘하기는 하지만 말이다. 한번은 노래를 부르는 내 모습을 영상으로 찍어 보기도 했다. 하지만 누군가의, 특히 라비야의 손에 들어가기 전에 지워 버렸다.

"그만! 축제 이야기는 이제 그만하자!"

나이마 선생님이 교실을 향해 말했다.

"오늘 낭송은 누구 차례야? 소피아, 너부터 시작하자."

쉬는 시간이 오기 전까지 교실 아이들 절반쯤에게 차례가 돌아갔지만 운 좋게도 내 차례는 오지 않았다. 수업이 끝나자 나는 재빨리 교실에서 나와 내 친구들을 찾았다. 오늘 커다란 사모사가 학교 안으로 배달되는 것을 보았는데, 그 사모사 생각이 나 배가 꼬르륵거렸다. 하지만 아랍어 철자, 알라의 99가지 면모 같은 것이 적힌 색색의 포스터가 붙은 밝은 복도로 나갔을 때, 책장 근처의 우묵한 공간에 서 있는 말릭 이맘과 오빠가 내 눈에 들어왔다. 말릭 이맘은 나를 등지고 서서 두 팔을 휘두르고 있고, 운동복 바지와 티셔츠 차림에 하이탑 운동화를 신은 오빠는 내 쪽을 보고 서 있었다. 오빠의 얼굴이 붉고 당황한 듯 보인다. 사모사는 까맣게 잊어버린 채 나는 책장 그늘에 숨어 둘의 대화를 엿들었다.

"나는 도저히 믿을 수가 없다, 무스타파! 도대체 무슨 생각이었던 거냐, 응? 하아…… 정말로 실망이다."

이맘이 괴로워하는 목소리로 말했다.

"저 안 그랬어요……. 정말이에요."

"너도 거기 있었잖아. 아니냐?"

길고 긴장된 침묵이 흐르면서 오빠 얼굴이 굳었다. 오빠는 중얼거리듯 대답했다.

"네, 맞아요."

"그리고 담배 연기가 올라왔잖아, 맞지?"

담배? 나는 마른 침을 꿀꺽 삼켰다. 오빠가? 어떻게!

"아니에요! 그러니까…… 연기가 난 건 맞아요. 하지만 저는 그냥 농구 하려고 간 것뿐이에요. 전 담배 안 피웠어요!"

"내가 담배를 내 두 눈으로 똑똑히 봤다, 무스타파."

말릭 이맘의 목소리는 단호했다.

"알아요……. 그 애들은 담배를 피운 게 맞아요. 그런데 저는 안 피웠어요. 수업이 너무 지루해서 농구 연습이나 하려고 빠져나갔던 거예요. 그뿐이에요. 정말요."

"그게 사실이라 해도, 수업을 빼먹고 나간 것부터가 심각한 문제다, 무스타파. 지루하든 아니든 관계없어. 애초에 너는 그 애들하고 거기 있어서는 안 되었던 거다."

"네."

오빠는 고개를 숙였다.

"너희 부모님께선 네가 늘 알아서 좋은 결정을 할 거라고 믿고 계신다. 네가 여기서 불량한 일을 하거나 벌을 받을 거라고는 생각도 안 하실 거라고. 얼마나 실망하시겠냐?"

"제발 부탁드릴게요. 부모님께는 말하지 말아 주세요."

오빠 눈빛이 간절했다.

"아버지 엄청나게 화내실 거예요. 전 심하게 혼날 거고 학교 농구팀도 그만둬야 될 거예요."

오빠의 입에서 속사포로 말이 나왔다.

말릭 이맘은 고개를 저었다.

"말씀드려야 한다, 무스타파. 그게 내 책임이야."

눈을 감고 잠시 벽에 머리를 기대었던 오빠는 다시 눈을 뜨고 말했다.

"정말 죄송합니다. 진심이에요. 제가 생각이 짧았어요. 그런 행동은 해서는 안 되는 거였어요. 정말로 멍청한 짓이었어요……."

오빠 목소리가 진지하다. 엄마 아빠에게 잘못했다고 할 땐 은근히 방어적인 태도가 느껴지는데, 지금은 조금도 그런 기색이 없다.

"다 맞는 말이다. 내가 아는 너는 그보다 나은 결정을 할 수 있는 아이야, 무스타파."

"실망시키려던 것은 아니에요. 부모님 상처 받으시는 것도 싫고요. 말씀 안 할 수는 정말 없을까요? 네? 제가 그만큼 더 잘할게요."

"모르겠다, 무스타파. 내가 네 아버지를 형님처럼 존경하는 거 너도 알고 있을 거야……."

"딱 이번만요. 제가 또 잘못을 하면, 그게 어떤 잘못이든 그땐 모두 다 이야기하셔도 돼요. 부탁드립니다. 지금은 파키스탄에서 큰아버지도 저희 집에 와 계시고……."

이 일이 큰아버지 귀에까지 들어가면 아빠가 얼마나 속상해 할지 눈에 선하다. 담배는 엄마 아빠가 예전부터 우리에게 절대 금지 품목으로 꼽은 것이기도 하다.

"알았다. 그런데 이번만이다. 이번에는 아무 말 않겠지만, 네가 이런 일을 다시는 안 할 거라고 믿고 그렇게 하는 거야. 내 말 가볍게 듣지 마. 아까 거기 있던 나머지 애들도 불러서 이야기할 거야. 그리고 다신 그 애들 주변에서 너를 안 봤으면 좋겠다."

"감사합니다! 그리고 정말 죄송해요!"

안도감에 미소를 지으려던 오빠는 다시 재빠르게 심각한 얼굴을 했다.

"그렇게 좋아하긴 이르다, 무스타파. 너 이번 축제도 돕고, 코란 낭송 대회에도 참가할 거라고 믿어. 알겠냐?"

"네, 물론 해야죠."

오빠는 진지하게 고개를 끄덕였다.

"그리고 무스타파……, 너 요즘 괜찮니? 그러니까…… 집안에 아무일 없는 거야? 혹시 나한테 하고 싶은 이야기는 없어?"

"네, 저는 괜찮아요. 다 좋아요."

오빠가 제자리에서 서성거리듯 발을 움직였다.

"뭐든 하고 싶은 이야기가 있으면 나한테 오면 되는 거 알지? 여기는 네 집이나 다름없다, 무스타파. 그리고 여기 사람들은 네 가족이나 다름없고."

"알아요."

오빠는 부끄러워하는 것 같기도 하고 고마워하는 것 같기도 했다.

몸을 돌려 오빠 등에 손을 대고 함께 밖으로 나가려던 말릭 이맘이 나를 발견했다.

"어, 너 지금까지 쭉 여기 서 있었니?"

말릭 이맘은 깜짝 놀란 표정을 감추려 애썼다.

"그냥 네 오빠하고 이야기 좀 했다. 너희 둘 어서 나가서 간식 좀 먹지 그래? 쉬는 시간이 거의 끝나 가는데."

발표를 확인해야 하고 어쩌고 하는 이야기를 중얼거리면서 말릭 이맘은 빠르게 멀어졌다. 나는 가만히 서서 오빠를 빤히 보기만 했다. 그리고 예고도 없이 내 눈에서 눈물이 터졌다.

"야……, 너 뭐 하냐?"

오빠는 말했다. 누구 보는 사람은 없는지 서둘러 주변을 살폈다.

"아니, 도대체 왜 울어?"

얼굴에 눈물이 흘러내리고 내 숨이 가빠졌다.

"나…… 얘기하는 거 다 들었……. 담배가 얼마나 해로운 줄 알아?"

나는 흐느꼈다. 어린애처럼 보인다는 걸 알지만, 어느 벽에 기대어 입에 담배를 물고 있는 오빠를 떠올리면 참을 수가 없다. 담배에 손댔으면 이제 다음은 뭔데? 마약?

"무슨 소리야? 내가 담배 안 피웠다고 말하는 거 못 들었어?"

오빠는 웃어야 할지 화를 내야 할지 도통 모르겠다는 말투다.

"……사실이야?"

나는 마침내 울음을 멈출 수 있었지만 코에선 여전히 물이 흘러내려 소매 끝으로 훔쳤다.

"사실이야."

"그럼…… 담배를 피우고 싶은 거야?"

나는 코를 훌쩍이며 물었다.

"아니, 담배 역겹거든. 아 이리 와, 가자."

내 팔을 잡아당긴 오빠가 나와 함께 문으로 걸었다.

"잠시만."

오빠가 갑자기 멈추어 섰다.

"너 안 이를 거지?"

"안 일러."

나야말로 이걸 엄마 아빠한테 이야기하는 건 싫다.

"약속하지?"

"오빠가 담배 안 피울 거라고 먼저 약속하면 나도 약속하지."

"알았다, 약속한다."

오빠는 내 어깨에 팔을 둘렀다.

"가자, 이 울보야. 음식 다 동나기 전에 가서 먹자."

입맛이 싹 가셨지만 울었다는 티가 안 나게 눈과 코를 한 번 더 닦고
나는 오빠와 함께 밖으로 나갔다.

13. 음악은 시간 낭비라고?

저녁을 먹고 나서 피아노 앞에 앉아 연습을 시작하는데, 이슬람 센터에서 차를 타고 집에 돌아오던 길이 떠오른다. 아빠는 큰아버지에게 앞으로 열릴 축제에 관해 설명해 주었고, 자신이 그 축제에 교회, 유대교 회당, 절 사람들뿐 아니라 다양한 종교간 교류를 위한 단체들도 초대할 것이라고 했다. 나는 수진이가 다니는 한인 교회도 작년처럼 참가할 것인지 궁금해졌고, 나중에 물어보아야겠다고 생각하다가 수진이와 에밀리 생각이 났다. '이제 수진인 나보다 에밀리와 더 비슷한 점이 많다고 여기는 게 아닐까? 에밀리도 교회에 다니잖아.'

나와 같이 차 뒷좌석에 앉은 오빠는 생각에 잠긴 듯 창밖을 내다보았다. 저녁 먹을 땐 엄마가 일요 학교 어땠냐고 묻자 평소처럼 밋밋한 말투로 "괜찮았어요." 했지만, 나에게는 경고의 눈빛을 보냈다. 입 꼭 다물라는 경고.

이제 혼자 피아노 앞에 앉으니 기운이 없다. 오늘 겪은 일들로 진이 빠진 모양이다. 소파에 앉아 화학 숙제를 하고 있는 오빠를 보니 운동복 셔츠에 모자를 쓰고 책으로 고개를 폭 숙인 모습이 어려 보인다. 내가 알던 예전 오빠 같다.

나는 피아노 뚜껑을 열고 1960년대 팝송 모음을 연주하기 시작했다.

홀리 선생님이 금요일 음악 시간에 내게 이 악보를 건넸다.

"공연 때 노래 안 부르고 싶어 하는 건 알지만, 다른 사람들 노래 부를 때 피아노 반주를 해 줄 수 있으면 정말 좋을 것 같은데."

기대하는 표정으로 부탁하는 선생님에게 나는 이렇게 말하고 싶었다.

"저도 노래하고 싶어요. 정말 정말 하고 싶어요."

하지만 말하지 않았다. 그냥 반주를 하겠다고 하고 악보를 받아 가방에 넣었다. 피아노 치기를 사랑하긴 하지만, 다른 사람들이 무대에서 노래를 부르며 빛날 때 그 배경으로만 있어야 하는 것은 싫다. 〈더 보이스〉에 깔리는 배경 음악처럼 아무도 귀 기울이지 않는 소리가 되어야 한다. 단 하나 위로가 되는 사실은 피아노를 칠 때는 수많은 청중이 있어도 긴장되지 않는다는 사실이다. 그동안 피아노 연주회는 많이 나가 봤다. 우리 학원 선생님이 생일 축하 노래를 천천히 뚱땅거리는 꼬마들부터 모차르트의 곡을 숙달한 능숙한 연주자들까지 모든 학생을 참가시키는 연주회를 계속 열었기 때문이다. 피아노 연주회를 할 때면 관중의 얼굴이 아니라 악보 위 음표만 보기 때문에 같은 공간에 많은 사람들이 있다는 것 자체를 잊을 수 있다.

"이거 엘비스 프레슬리 노래냐?"

건반을 두드리는 내게 아빠가 다가와 물었다.

"맞아요. 학교 음악회 때 60년대에서 80년대에 유행한 노래들을 하거든요."

"'우후후, 떨리는 내 마음…….'"

아빠가 일부러 엘비스 프레슬리처럼 낮게 깐 목소리로 노래를 하며 멀어졌고, 나는 오후 이후로 처음 웃었다. 피아노 더하기 아빠의 장난스러운 노래는 내 웃음을 되찾아 주는 약이었다.

하지만 그날 밤, 화장실에서 양치를 하던 나는 문 너머 응접실에서 아빠와 큰아버지가 나누는 이야기를 들었다.

"이렇게 집안에서 항상 음악 소리가 들리다니……. 아미나가 계속 노래를 부르고 피아노를 치게 해서는 안 돼."

큰아버지였다. 나는 칫솔질을 멈췄고 대화에 귀를 기울였다.

"그렇지만 형님, 아미나가 얼마나 재능 있는데요. 음악 선생님들이 아미나는 정말 음악 재능을 타고 났다고 해요."

"그래, 그렇지만 음악은 이슬람에서 금지된 것이야. 시간 낭비일 뿐이고, 어디에도 이롭지 않다고. 아미나는 머릿속을 음악으로 가득 채워 버리는 게 아니라, 코란을 외우는 데 집중해야 해."

갑자기 치약이 쓰다. 나는 거품을 뱉어 버리고 아빠의 다음 말을 기다렸다. 아빠는 분명 평소에 내게 말했듯, 우리는 음악을 통해 신과 더욱 가까워짐을 느낀다고, 또 내 음악적 재능은 신이 주신 선물이라고 이야기할 테니까.

하지만 아빠는 이렇게 말했다.

"네, 형님……."

그뿐이다. 나는 멍해진다.

'그렇다면 큰아버지 말이 맞는 걸까? 내가 잘못하고 있는 걸까?'

오늘 오후에 다 흘리지 못한 내 눈물이 얼굴에 끼얹는 수돗물과 섞였다. 두 사람의 대화를 엿들은 것이 후회된다. 나는 침대로 들어가 이불을 머리끝까지 덮고, 세차게 두근거리는 심장을 진정시키려고 애썼다.

14. 큰아버지에게서 숨다

"아미나! 어디 있어? 내려와!"

엄마가 부엌에서 나를 부르는 소리에 나는 침대에서 나와 계단을 내려갔다. 이미 반짝거리는 조리대를 엄마는 걸레로 계속 닦고 있다.

"오늘 집에 와서 뭐 했어? 왜 방에만 숨어 있어?"

"청소했어요."

"금요일 오후에 청소를 해? 너 멀쩡해?"

엄마 눈이 가늘어져 나는 양말을 내려다보며 대답했다.

"네."

"정말? 뭔지 말해 봐."

"아무 일 없어요. 괜찮아요."

엄마가 걱정하는 것 같아 나는 애써 미소를 지어 보았다. 내 기분을 설명할 방법을 모르겠다. 딱히 아픈 것도 아니지만 평소 같은 것도 아니다. 그냥 피곤하다.

"알았어. 우리 오늘 저녁에 큰아버지 모시고 나가서 저녁 먹을 거니까 올라가서 나갈 준비해. 그 예쁜 노란색 셔츠 입고 가자."

"어디 가는데요?"

"아빠가 가고 싶다는 새 태국 식당이 있어."

'맛있겠다!' 나는 태국 음식을 아주 좋아한다. 땅콩 소스와 새우가 들어간 국수와 매운 닭 꼬치는 정말 맛있다.

"오빠는요? 아직 안 온 것 같은데."

일주일 내내 오빠를 거의 못 봤다. 오후부터 꽤 늦게까지 농구부에서 연습을 하기 때문이다. 그리고 나도 저녁을 먹고 나면 되도록 거실에 머무르지 않았다. 큰아버지와 마주치고 싶지 않아서다.

"오늘 경기 끝나고 부원들이랑 피자 먹으러 간단다. 오크 크리크에서 경기를 했대."

저녁 식사에 대한 기대감이 훅 떨어졌다. 엄마 아빠와 큰아버지가 우르두어로 자식 올바르게 키우는 법, 파키스탄 정치 따위에 관해 이야기 나눌 때, 나는 아무 말 없이 국수만 먹을 것이 머릿속에 그려진다.

내 방으로 올라와 서랍에서 노란 셔츠를 꺼내고 습관적으로 아이팟을 켰다. 방에 음악이 가득해지니 무겁게 가라앉았던 내 마음도 어느새 제자리로 올라오기 시작했지만 그때…… 큰아버지 말이 또 생각났다. '음악은 이슬람에서 금지된 것이야.' 나는 재빨리 아이팟을 끄고 침대에 앉아, 바닥에 흩어진 낱장 악보와 악보집을 쳐다보고만 있었다. 지난 며칠 동안 마치 하얗게 내려앉은 먼지처럼 나를 감싼 불편한 기분을 도무지 떨칠 수가 없다. 그 많은 시간 노래를 부르고 피아노를 친 나는 잘못된 일을 한 것일까? 무슬림으로서 옳지 않는 일을?

"가자, 아미나!"

서둘러 나갈 때면 늘 그러듯이 아빠는 차 열쇠를 딸랑거리면서 외쳤다.

차고로 가 보니 아빠 옆에 큰아버지가 까만 띠 옷깃이 달린 조끼와 흰 샬와르 카미즈를 입고 서 있다. 머리에는 커다란 종이배처럼 보이는 까만 털모자를 썼다. 모스크에 금요 예배를 드리러 가며 차려입은 옷차림 그대로인 모양이다. 큰아버지와 함께 가는 것이 싫다.

아빠가 말했다.

"이제야 왔구나. 계속 어디 숨어 있었니, 기타?"

"오늘은 기타보다는 갈라리라고 하는 게 더 어울리지 않겠어?"

미소 띤 얼굴로 큰아버지가 말하자 아빠가 맞장구치듯이 웃었다.

나는 뺨이 붉어진 채 한마디 대꾸 없이 큰아버지 앞을 지나 뒷좌석에 탔다. '지금 나를 놀리시는 건가?'

공경의 의미로 차 앞자리를 큰아버지에게 내어 준 엄마가 나와 함께 뒷자리에 탔다. 큰아버지 옆에 앉고 싶지 않은 나에게는 아주 잘된 일이다. 차고에서 차가 천천히 빠져나갈 때 나는 엄마에게 귓속말로 물었다.

"갈라리가 무슨 뜻이에요?"

"카나리아라는 뜻이야. 오늘 너 꼭 카나리아처럼 보여."

"아아……."

나는 그게 왜 우스운지도 모르겠고 큰아버지가 내 셔츠를 가지고 한마디 하는 것도 싫다. 아니, 셔츠뿐 아니라 내가 하는 노래든 그 무엇을 가지고도 아무 말 하지 않았으면 좋겠다. 큰아버지가 한 말이 다시 무겁게 내 마음을 짓누르기 시작했고, 가는 내내 유난히 수다를 떨고 내게 농담을 하는 엄마에게 호응하는 척했지만 진심은 담겨 있지 않았다.

15. 네 음악은 아주 멋져

아침 일찍부터 오빠가 부엌에 있었다. 오빠는 땅콩버터가 들어간 오트밀 죽을 먹고 있다. 오빠에게서 경쾌하고 신선한 샤워 젤 향이 나고 머리는 젖어 있다. 쌀쌀해서 나는 북슬북슬 두꺼운 잠옷을 입고 있는데 오빠는 티셔츠와 반바지만 입고 있다.

"왜 이렇게 일찍 일어났어?

"조깅하고 왔어. 체력을 각별히 단련해야 돼."

"왜? 이미 농구부 선발됐잖아."

"그렇지. 그런데 대기하지 않고 경기에 실제 참가하는 선수로 뽑히려면 코치님께 내가 열심히 하고 있다는 거, 실력이 늘고 있다는 걸 확실히 보여 줘야 돼."

"1학년 선수는 오빠뿐 아니야?"

"맞아."

오빠는 그릇에 남은 오트밀 죽을 싹싹 긁었다.

"그래서 기분 좋지 않아?"

"몇 학년인지는 상관없어. 나는 팀에서 가장 잘하는 선수가 될 수 있어. 다른 사람들보다 더 열심히 하기만 하면."

오빠도 시합을 하기 전에 긴장될까? 모두가 지켜보는 가운데 언제든

자빠지거나 슛을 잘못 날릴 수도 있다는 사실이 아무렇지 않을까? 속으론 어떤지 모르지만 겉으론 긴장 따위 없는 것 같다. 오빠가 대표 팀에 뽑혀서 자랑스럽다고 말해 주고 싶다. 어제 저녁 외식을 같이 했더라면 좋았을 거라고도 말해 주고 싶다. 하지만 말 안 한다. 우린 서로 그런 말을 하는 사이가 아니다.

아빠가 잘 때 입는 가운을 입은 채 부엌으로 들어왔다.

"일찍 일어났구나. 이야기 좀 하자."

아빠는 아주 진지한 표정으로 오빠 맞은편에 앉았다.

"네가 집에 꼭 들어오기로 한 시간이 몇 시인지 기억을 못 하는 것 같아서, 네 엄마하고 결정을 했다. 앞으로 너 농구부와 경기만 하지 다른 데는 못 가는 걸로. 그러니까 앞으로는 경기 마치면 무조건 집으로 와."

아빠가 단호하게 말했다. 어젯밤 나는 태국 식당에서 돌아오자마자 내 방으로 올라가 잠을 잤다. 오빠가 돌아오는 소리는 듣지 못했지만 아마도 아주 늦었던 모양이다.

"그래도 아빠, 같은 농구부원들이 가는 곳에는……."

오빠는 맞서려 했지만 아빠가 다 듣지 않았다.

"우리는 네가 너한테 좀 더 좋은 영향을 주는, 네 또래 애들하고 어울렸으면 한다. 이슬람 센터에서 보는 유수프라든지 거기 다른 애들하고."

'아빠는 이슬람 센터의 오빠 또래들이 어떤지 전혀 몰라…….'

"저 어린애 아니에요. 저랑 놀 친구 정해 주실 필요 없어요."

오빠가 매서운 눈빛으로 말했다.

"말조심해라. 그리고 너는 운 좋은 줄 알아. 화가 나서 농구부 자체를 그만두게 하려고 했는데, 네 큰아버지께서 말리셨으니까."

"큰아버지께서요? 정말요?"

"그래. 네가 네 행동에 따른 벌을 받아야 하는 것은 맞지만, 너는 농구부원들에게 함께하겠다고 약속을 한 셈이니까 그것도 지켜야 한다고."

'잠시만……. 그럼 큰아버지는 음악에는 반대파이면서 농구에는 찬성파인가?'

"네가 우리와 정한 규칙을 잘 따를 수 있다는 걸 보여 주면, 우리가 때가 되었다고 판단할 때 다시 이 사안을 논의할 수 있어. 그렇지만 그때까지는 방금 아빠가 말한 대로다."

"네, 아빠."

오빠는 조용히 대답했다. 오빠가 싸움을 시작하지 않아 나는 마음이 놓인다. 해 봤자 어차피 진다는 것을 우리 모두 알고 있다.

"그리고 우리가 규칙을 만드는 데는 다 이유가 있다는 거, 확실히 알고 있냐? 무조건 너를 벌주기 위해서 이러는 게 아니라는 거."

"알아요, 알아. 이해한다고요. 이제 가도 돼요?"

오빠의 말투가 점점 무례해졌고 나는 얼굴을 찡그렸다. 하지만 아빠는 고개만 끄덕였고 오빠는 빈 그릇을 싱크대에 내려놓았다. 줄무늬 목욕 가운 차림에 머리는 자고 일어나서 삐죽삐죽 하고, 턱에는 흰색과 검은색 수염이 돋아 있는 아빠가 앉은 채 몸을 수그렸다. 하루가 이제 막 시작되었는데 아빠는 이미 지칠 대로 지쳐 보인다. 오빠가 방으로 가고 나서 나는 자리에서 일어나 두 팔로 아빠를 감쌌다.

엄마가 갓 다림질한 샬와르 카미즈를 입고 부엌으로 들어왔다. 큰아버지가 머무는 동안에 엄마는 주말 아침에도 잠옷과 목욕 가운 차림으로 돌아다니지 않는다. 그리고 전처럼 자주 미소 짓지도 않는다. 그럴 만도 하지.

"벌써 밥 먹었어? 나는 계란 프라이 하려고 했는데."

"나도 계란 좀 먹을게."

아빠가 멍하니 내 머리를 쓰다듬으며 말했다.

나는 아빠가 큰아버지 말을 듣고 오빠가 농구를 하도록 내버려 두었다는 사실을 생각했다. 아빠는 큰아버지와 뜻이 같았던 걸까? 아니면 큰아버지 말을 거역하지 못한 걸까? 내가 직접 답을 얻어야겠다고 생각한 나는 긴 숨을 한 번 내쉰 후 이번 주 내내 가슴에 납덩이처럼 얹혀 있던 질문을 꺼내 놓았다.

"아빠, 신은 왜 음악을 싫어하세요?"

"뭐?"

엄마가 물었다. 엄마는 주걱을 내려놓고 돌아서서 나를 마주보더니 캐물었다.

"도대체 어디서 그런 생각을 접한 거야?"

"지난주에 큰아버지께서 아빠한테 하시는 말씀 들었어요. 음악을 연주하는 건 금지된 일이라고 하시는 거요."

"여보, 지금 들었어? 아주버님께서 당신한테 정확히 뭐라고 하신 거야? 그리고 당신은 그 말을 듣고 아주버님께 뭐라고 했어?"

위층 샤워기 물소리가 들리는 것을 보면 큰아버지는 우리 대화를 듣지 못할 것이 분명한데도 엄마는 목소리를 죽인 채 따졌다.

"뭐, 그냥…… 음악은 금지된 거라고 얘기하셨어. 우리 가족이야 이슬람 교리를 그렇게 해석하는 데 동의하지 않지만, 그렇다고 그걸 형님께 말씀드릴 순 없었어."

아빠가 중얼거리듯 대답했다. 엄마는 기가 막힌다는 듯 한숨을 크게 내쉬고는 식탁으로 다가왔다. 엄마가 내 앞 바닥에 무릎을 대고 앉아서 나와 눈을 맞추고 내 두 어깨를 잡았다.

"그것 때문에 이번 주에 너 피아노 치는 소리랑 노래하는 소리 안 들린 거야? 너는 잘못하는 거 하나도 없어, 아미나. 알라는 음악을 싫어하시지 않아. 나는 그렇게 믿지 않아. 네가 피아노를 치거나 노래를 하는 게 잘못됐다고도 믿지 않고. 그게 잘못된 거라면 알라는 왜 그 재능을 너한테 주셨겠어?"

나는 정말로 엄마 말을 믿고 싶었다. 하지만 아빠를 보며 아빠의 말도 기다렸다.

"미안하다, 기타. 내가 그때 큰아버지께 내 생각을 바로 말씀드렸어야 하는데……. 나도 너희 엄마하고 똑같은 생각이야. 아빠는 이 문제에 대해서는 큰아버지께서 틀리셨다고 생각한다. 알겠니?"

"네……, 큰아버지께선 왜 그렇게 말씀하셨을까요?"

"큰아버지는 우리 종교를 좀 더 엄격한 관점으로 바라보시거든. 그

핼러윈 행사 같은 데는 참가하면 안 된다고 생각하는 사람들이 있듯이 말이야. 이슬람 중에도 좀 더 조심성이 많은 사람들이 있어. 어떤 식으로든 옳지 않을지도 모른단 의심이 드는 일은 절대로 안 하기로 한 사람들 말이야. 마호메트의 시대에는 음악이 해로운 영향을 미친다는 생각이 퍼져 있었지."

나도 그런 것을 어느 정도는 안다. 하지만 아빠가 큰아버지 생각에 동의하는 척하는 순간을 직접 겪으니 참 기이한 느낌이었다. 큰아버지에게는 완벽한 우리 집을 보여 주고 싶다던, 큰아버지 말이면 무조건 따르고 싶다던 아빠의 마음이 그런 식으로 드러났던 것인가보다.

"나도 좋지 않다고 생각하는 음악이 있다. 예를 들면 욕설이 들어간 음악이라든가……. 하지만 그건 다른 얘기지. 네 음악은 아주 멋져."

나는 고개를 끄덕이자 엄마가 인상을 쓰고 말했다.

"당신, 아주버님하고 얘기를 좀 나눠 봐. 나도 아주버님 본인께서 무엇을 믿으시건 그대로 존중하지만, 이 상황은 너무 지나치잖아. 우리는 아이들한테 우리가 믿는 가치를 그대로 가르칠 권리가 있어. 생각해 봐, 만약 아미나가 그 얘기를 듣고도 우리한테 아무 말 안하고 넘어갔으면 어쩔 뻔했어? 아미나 혼자 음악을 사랑하는 게 결론 지어 생각해 버렸으면 어쩔 뻔했냐고?"

나는 아빠의 반응을 기다렸다. 엄마 말을 조용히 듣고만 있다가 멍하니 생각에 빠진 듯했던 아빠가 마침내 말했다.

"당신 말이 맞아. 내가 말씀드릴게."

16. 에밀리의 비밀

"수진이하고 에밀리, 쟤네 뭐야? 둘이 이제 뭐 절친이라도 돼?"

브래들리가 둘을 가리키면서 말했다. 수진이와 에밀리는 선생님이 만든 지도 짜기 구역에 함께 앉아 오리건 산길을 살펴보고 있다. 브래들리의 말을 듣자 손에 쥔 펜을 전기 콘센트에 꽂기라도 한 듯, 또 한 번 전류 같은 질투가 내 혈관을 타고 흘렀다.

"아니. 그냥 조원으로서 같이 있는 거야."

내가 대답했다. 하지만 이 말 역시 진실이 아니라는 것을 나는 안다. 수진이와 에밀리는 이제 확실히 친구다. 하지만 수진이에게 가장 친구는 여전히 나이고, 모두가 그걸 안다. 에밀리도 그걸 알았으면 좋겠지만.

"야, 내가 수진이한테 나랑 자리 바꿔 달라고 할까? 그럼 너는 네 베프랑 같이 있고 나는 에밀리 옆에 있을 수 있잖아."

브래들리의 파란 눈동자가 장난스럽다.

"정말? 너 에밀리 옆에 있고 싶어?"

"응. 너도 꽤 좋은 아이지만 에밀리하고 더 가까워지는 것도 나쁘지 않겠어. 내 말 무슨 말인지 알지?"

브래들리가 팔꿈치로 내 옆구리를 슬쩍 찔렀다.

"아야! 무슨 말인지 모르겠거든. 잠시만…… 너 그러면 에밀리를……

좋아한다는 거야?"

"무슨 소리. 난 그냥 에밀리가…… 좀…… 예쁘다는 거야."

나는 에밀리를 쳐다보았다. 깔끔하게 다듬은 금발머리엔 갈색 가죽 머리띠를 둘렀다. 선명한 녹색 두 눈도 꽤 예쁘고 광대뼈가 높은 각진 얼굴에 딱 적당한 주근깨가 있다. 쉽게 인정하기는 싫지만, 에밀리는 좀 예쁘다. 전에는 전혀 몰랐다.

"넌 가망 없어, 브래들리. 에밀리는 저스틴 좋아해."

불쑥 이 말을 내뱉어 버린 난 손으로 입을 틀어막았다.

'큰일이다!'

"뭐? 에밀리가 저스틴 좋아한다고 했어?"

브래들리가 눈을 커다랗게 뜨고 몸을 내게 숙여 완전히 집중한 얼굴로 묻자 나는 얼굴이 붉어졌다.

"뭐? 아니야……. 그러니까…… 나도 몰라."

"오호……. 뭐 그럴 만하지. 저스틴이야 운동도 잘하고 뭐 그러니까. 단지 난 에밀리라면 좀 더…… 똑똑한 애를 좋아할 줄 알았는데."

브래들리가 입을 내밀었다. 나는 말했다.

"아니야. 나는 에밀리가 누굴 좋아하는지 안 좋아하는지 그런 거 몰라. 그냥 아무나 말한 거야……. 저스틴 인기 많으니까. 저스틴 좋아하는 여자애들 많으니까."

점점 더 절박해지는 심정으로 말하는 나에게 브래들리는 이제 단 한 마디도 믿지 않는다는 눈빛을 보냈다.

"너 아무한테도 말하면 안 돼, 절대. 알았지?"

나는 결국 간곡히 부탁했다. 두려움이 밀려왔다. 에밀리의 비밀이 알려지면 어떻게 하지? 절대 안 된다. 수진이는 에밀리에게 내가 믿을 만한 아이라고 했다.

'나 믿을 만한 아이 맞는데……. 원래는 그랬었는데.'

"알았어, 알았어. 어차피 누가 그걸 신경 써? 어서 수레나 몰고 가자! 이제 우리 꼴찌도 아니라고!"

브래들리가 말했다. 그러고는 오늘 우리가 오리건 산길 게임에서 해야 할 일이 적힌 종이를 꺼내 잔뜩 집중한 눈빛으로 소리 내어 읽기 시작했다.

나는 다시 편안해졌다. 브래들리는 이미 관심이 다른 데로 넘어갔고, 내가 아는 브래들리는 우리가 나눈 대화를 바람처럼 빠르게 잊어버리고 말 아이다. 아무에게도 말하지 않을 것이다. 그걸 기억하고 말한다는 건 브래들리답지 않은 일이다.

17. 내 말 좀 들어 봐, 수진아

"사회 선생님, 우리 숙제 너무 늦게 돌려주시지 않아? 조별 시험 친 지 2주도 넘게 지났잖아."

점심시간, 에밀리가 이렇게 불평했다. 내 맞은편에 앉아 재사용이 가능한 초록색 도시락 가방 속을 뒤지고 있다.

수진이가 말했다.

"우리 아빠도 우리 점수가 평소보다 훨씬 늦게 인터넷에 올라온다고 하시더라. 그런데 그건 중요한 게 아냐. 진짜 중요한 게 있지. 내일이 무슨 날이게?"

"무슨 날인데?"

에밀리와 내가 한 목소리로 물었다.

"시민 선서식 하는 날! 10월 20일이라고 했던 거 기억나? 그날이 벌써 내일로 다가왔어! 그런데 실감이 안 나. 학교엔 결석할 거야. 그러니까 너희가 수진이라는 이름으로 나를 만나는 건 오늘이 마지막인 거야."

"우아, 좋겠다……. 수전!"

수진이의 새 이름을 발음하며 에밀리는 조금 키득거리더니 내게도 말했다.

"그렇지, 아미나?"

"응…… 정말 좋겠네."

나는 에밀리처럼 신난 척을 하려고 아주 애를 썼다. 하지만 아직은 도무지 수전이란 말이 안 나온다. 더는 수진이를 수진이라고 부를 수 없는 게 너무 싫다.

"엄마는 축하 파티 열 생각에 막 흥이 났어."

수진이는 자신의 어머니가 독립기념일 이후 잔뜩 모았다는 빨갛고 하얗고 파란 파티 장식물 이야기를 했다. 그러자 에밀리가 제안했다.

"우리 가족이 독립기념일에 모여서 바비큐 구워 먹을 때, 이모는 늘 딸기랑 블루베리랑 흰 생크림으로 미국 국기 모양을 한 케이크를 만들어 오셔. 너희 파티에서도 그 케이크 만들면 괜찮겠다!"

"좋은 생각인데. 파티에 너희 둘 다 초대받은 거 알지?"

"우리 지금 당장 축하하자."

에밀리가 가방에서 어머니가 구운 땅콩버터 쿠키를 한 봉지 꺼내 놓더니 나에게 밀며 말했다.

"이거 먹어, 아미나. 너 좋아하잖아."

"고마워."

에밀리가 기억했다는 사실에 감동하며 나는 한 개를 집어 들었다.

"야, 에~밀리!"

식당 끝에서 커다랗게 부르는 목소리가 들린다. 목소리의 주인 루크가 꼴 보기 싫은 비웃음을 띠고 있다.

"왜?"

에밀리가 불안한 표정으로 고개를 돌려 루크에게 물었다.

"너 이리 와서…… 네 애인 옆에 앉지 그래?"

루크가 깔깔거리며 자기 맞은편에 앉은 저스틴에게 감자 칩을 던졌다. 저스틴은 식당을 두리번거리다가 에밀리를 발견하고는 급히 눈을 돌렸다. 저스틴의 두 귀가 체리 색으로 물들었다.

"하여튼 넌 이상해."

에밀리는 아무런 이상한 일도 일어나지 않은 것처럼 담담하게 다시 고개를 돌려 자신의 베이글을 보았다.

'그 얼간이가 도대체 무슨 짓을 한 거야?'

나는 재빨리 식당을 둘러보며 브래들리를 찾았다. 내 왼편 식탁에 어깨를 수그리고 앉아 있다가 나와 눈이 마주치니 눈이 휘둥그래지더니 고개를 푹 숙인다. 그러고는 멋쩍은 듯이 입 모양으로 '실수'라고 한다. 심장이 세차게 내 가슴을 두들긴다. 에밀리는 비밀을 누설한 게 나라는 것을 얼마나 빨리 알게 될까?

"네 사랑이 여기서 널 기다리고 있잖아, 에밀리!"

루크가 에밀리를 놀리는 소리에 그 주변 남자아이들은 하이에나처럼 웃는다. 카일은 주근깨 가득한 얼굴로 입술을 내밀며 쪽 하는 소리를 내고 저스틴의 머리카락을 흐트러뜨렸다.

"아니거든!"

저스틴이 외쳤다.

"아니라고!"

한 번 더 말하는 저스틴의 화가 난 목소리가 거칠다. 자리에서 벌떡 일어서더니 모두를 무시하고 식탁의 다른 쪽 끝으로 성큼성큼 갔다. 자리에 앉아서는 식식거리는 것 같다.

에밀리는 아무것도 못 들은 척했지만 나는 에밀리가 저스틴의 말에 아주 조금 움찔하는 것을 보았다. 에밀리의 얼굴도 조금 더 붉어졌다.

점심 감독 선생님이 소란이 난 쪽으로 다가갔다.

"여기 도대체 무슨 일이야? 당장 조용히 하지 않으면 너희들 떨어뜨려 앉힐 거다."

모두가 빠르게 조용해지자 수진이가 에밀리에게 작게 속삭였다.

"루크는 어떻게 알았지? 저스틴 이야기, 우리 말고 누구한테 또 했어?"

에밀리는 아무 말 없이 고개를 저으며 샌드위치만 빤히 바라보았다. 울지 않으려고 눈을 세게 깜빡였다.

다음 몇 분 동안은 고요한 채로 긴장만 흘렀다. 나는 쿠키를 먹는 척해 보았지만 땅콩버터 맛이 흙 맛처럼 느껴졌다. 에밀리를 쳐다보기가 두려운 나는 천천히 쓰레기통으로 가 남은 쿠키와 냅킨, 우유 팩을 모두 버렸다. 그리고 큰 숨을 몇 번 쉬고는 앞으로 일어날 알 수 없는 일들에 대비해 마음을 다잡았다.

점심시간이 끝나기 전 우리에겐 10분의 자유 시간이 있었다. 나는 납덩이처럼 무거운 발걸음을 이끌고 수진이, 에밀리와 함께 학교 마당으로 나갔다. 루크가 비웃으며 우리 옆을 달렸지만 에밀리는 눈길도 보내지 않았다. 하지만 건물 모퉁이를 돌아 사람들 눈에 띄지 않는 곳에 다다

르자마자 에밀리는 빙 돌아서서 나를 마주보았다.

"너 어떻게 그럴 수가 있어?"

에밀리는 상처와 분노가 섞인듯한 초록색 눈을 이글거리며 내게 물었다.

"나는 널 믿었어. 그런데 어떻게 이런 일이 일어나냐고!"

나는 마른 침을 꿀꺽 삼킨 다음 내가 해야 마땅한 진심 어린 사과를 하려고 했다.

"있잖아, 그게……."

"잠시만!"

수진이가 한 손을 들어올렸다.

"아미나가 그랬을 거라고 단정하지 마! 내가 아미나는 믿을 수 있는 아이라고 이미 얘기했잖아."

화가 나 거친 숨을 쉬는 에밀리와 그런 에밀리를 당황스러워하는 수진이를 나는 입을 꾹 닫고 바보처럼 서서 번갈아 쳐다보기만 한다. 수진이가 이렇게나 나를 믿으니 내가 더 나쁜 아이 같다.

"그런데 나는 너희 둘 말고는 아무한테도 얘기 안 했단 말이야. 그리고 너는 아무 말 안 했잖아, 아니야?"

에밀리가 수진이에게 물었다.

"당연히 안 했지."

수진이가 무슨 그런 질문을 하냐는 듯 말했다.

에밀리는 울기 시작했고, 커다란 눈물방울이 뺨에 흘러내렸다.

"부끄러워서 죽어 버릴 것 같아!"

에밀리는 외쳤다. 그러고는 내게 말했다.

"미안, 아미나. 그 애들이 어떻게 알게 된 건지 몰라서, 그냥 네가 그랬을 거라고 짐작했어."

"줄리는? 줄리가 누구한테 얘기하지 않았을까?"

수진이가 묻자 에밀리는 대답했다.

"나는 줄리한테 얘기하지도 않았어! 이젠 줄리하고 얘기하고 지내는 사이도 아니고. 줄리는 내가 너희처럼 믿지 않아."

거대하게 밀려오는 죄책감의 파도에서 허우적거리며 나는 에밀리가 우리를, 그러니까 수진이뿐 아니라 나까지도 진심으로 친구로 여긴다는 사실을 깨달았다. 많은 생각이 밀려왔다. 과거에 아무리 오랫동안 에밀리가 줄리를 따라다니며 줄리의 참치인 양 행동했어도 지금 이 순간 그건 아무 의미도 없다. 이제 줄리와는 가까운 사이도 아니고 함께 보내는 시간조차 거의 없는 것 같다. 에밀리는 어쩌면 사람 보는 눈이 나아져 중학교에서는 줄리 같은 아이가 아닌 새로운 친구를 사귀어야겠다고 결심했는지도 모른다. 수진이나 나 같은 진짜 친구를 말이다. 아니, 잠깐만…… 내가 진짜 친구이기는 할까? 에밀리의 비밀을 말해 버려 전교생 앞에서 창피를 당하는 모습을 손 놓고 바라보기만 한 것도 모자라 이제는 오히려 에밀리의 사과를 받고 있는 내가?

"그럼 루크가 어떻게 알아냈을까?"

수진이는 물었다.

"모르겠어. 우리가 얘기하는 걸 누가 들었나 보지."

"어떻게 생각해, 아미나? 나는 우리가 그 얘기할 때 우리 주변에서 누구 본 기억 없는데. 넌 있어?"

수진이가 내 눈을 똑바로 쳐다보았다.

"음…… 없어."

나는 아주 조그맣게 말했다. 그러고는 잠시 아무 말 못한 채 톱밥이 걸린 듯한 목을 가다듬었다.

"그런데 어쩌면…… 어쩌다 누가…… 우연히 들었을 수도 있어……. 내가 브래들리한테 얘기하는 걸……."

"뭐? 브래들리? 브래들리한테 네가 무슨 얘기 했는데?"

수진이가 물었다.

"아까 브래들리가 나한테 에밀리가 예쁘니 어쩌니 하는 거야."

"으으, 싫어!"

울던 에밀리가 짜증을 내뱉었다.

"나도 네가 그렇게 생각할 것 같았어. 그래서 걔한테는 너랑 잘될 가능성이 없다는 걸 알려 주려고 했어."

"그래서?"

수진이가 재촉했다.

"그래서 내가…… 에밀리가 저스틴을 좋아한다고 말해 버린 것 같아. 일부러 말한 건 아니었어. 정말이야. 정말 나도 모르게 말이 나와 버렸어."

사실임에도 내 스스로도 믿기지 않는다.

"어떻게 그럴 수가 있어?"

수진이가 폭발했다. 기가 막히는 듯 두 팔을 뻗었다가 머리를 감싸 쥐었다.

"진짜 말도 안 돼, 아미나! 도대체 무슨 생각이었던 거야?"

나는 동상처럼 가만히 있다. '여태 수진이는 한 번도 내게 소리를 지른 적이 없었는데……'

"그래! 정말 어떻게 그럴 수가 있어! 나라면 절대로 그런 짓 안 해!"

화가 나서 일그러진 표정으로 에밀리는 말했다.

"알아. 정말, 정말 미안해."

나는 고개를 숙였다.

"이제 나 어떡해?"

에밀리는 다시 울기 시작했다.

"아무것도 하지 마. 넌 아무것도 할 필요 없어."

수진이가 보호자처럼 한 팔을 에밀리에게 두르고 나를 등졌다.

"그게 무슨 소리야?"

에밀리가 울면서 물었다.

"점심 때 네가 아무렇지 않다는 듯 대처를 아주 잘했어. 루크는 만날 이상한 소리 하니까, 걔가 아까 한 말이 진짜인지 아닌지 아무도 몰라. 그냥 아까 했던 것처럼 다 무시하고 걔 말이 새빨간 거짓말인 것처럼 행동해."

"그렇게 해 봐야겠어. 그런데 이젠…… 저스틴이 날 안 좋아한다는 게 확실해졌어."

에밀리는 한층 더 풀이 죽었다. 그러자 수진이가 에밀리의 등을 쓰다듬으며 말했다.

"그건 모르는 거지. 걘 그냥 민망해서 그렇게 반응했을 수도 있잖아. 그 짓궂은 놈들 앞에서 그런 걸 인정하고 싶은 애가 어디 있겠어?"

"맞아. 어쩌면 이제 저스틴은 자기가 널 좋아한다는 걸 깨달을지도 몰라."

내가 말했다. 희망을 담은 표정으로 둘에게 조금 다가갔다. 그때 에밀리가 차갑게 말했다.

"이제 나하고는 말도 안 섞을지도 모르지!"

그때 수진이가 고개를 휙 돌려 날 보더니 물러서라는 경고의 눈빛을 보냈다.

나는 물러섰다. 수진이는 진짜 화가 났고 나는 그게 이해됐다. 에밀리를 계속 달래는 수진이를 보면서 나는 거기에 낄 수 없는 아이가 된 기분이 들었지만 그렇다고 그냥 자리를 떠 버리면 더 나쁜 애가 될 것 같기도 했다. 그래서 점심시간 끝나는 종이 칠 때까지 어색하게 선 채 가방끈만 만지작거리고 있었다. 그리고 꽤 긴 그 시간 동안 수진이는 한 번도 고개를 돌려 나를 보지 않았다. 종이 울릴 무렵 수진이의 계속되는 위로에 마침내 눈물이 마른 에밀리는 큰 숨을 거듭 쉬면서 마치 아무 일도 없었던 것처럼 학교 건물로 돌아갈 준비를 했다.

이제는 내가 울고 싶었지만 꾹 참았다.

"수진아, 내 말 좀 들어 봐."

내 앞을 그냥 스쳐 지나가는 내 단짝 친구에게 나는 말했다. 수진이는 몇 걸음 나아가다가 뒤를 돌아보고 말했다.

"나 지금은 너랑 얘기하고 싶지 않아."

지금 수진이는 화났다기보다는 슬퍼 보인다. 수진이는 나를 그 자리에 둔 채 걷던 길을 계속 걸었다. 결국 나는 수진이, 에밀리와 거리를 둔 채 뒤따라 학교 건물로 들어갔고, 두 아이와는 반대 방향인 내 사물함으로 갔다. 속이 울렁거리고 구토가 나올 것 같았다. 교실로 가야 하는 나는 대신 양호실로 갔고, 거기에 학교가 끝날 때까지 누워 있었다. 겁쟁이 같은 행동이라는 것을 알지만 수진이와 에밀리 얼굴을 도저히 다시 볼 수가 없었다.

18. 코란의 후마자 장

"아미나! 너 어디 있어? 엄마 좀 도와줘!"

"여기요."

나는 부엌 옆 식당에 큰아버지와 함께 앉아 있었다. 나는 큰아버지에게 엷은 미소를 지어 보이며 엄마에게 설명했다.

"큰아버지랑 연습하고 있어요."

"알았다. 다 하고 나면 엄마 접시 준비 좀 도와줘. 그리고 네 아빠하고 오빠는 도대체 어디 간 거니?"

아빠는 엄마가 잔치를 열 때마다 사라지는 묘한 기술이 있다. 전자 제품 가게나 철물점 등에 가야 되는 급한 일이 생겼다고 할 때가 가장 많다. 스피커 연결하는 전선이 없다는 둥 특수 전구를 교체해야 된다는 둥. 엄마가 큰아버지의 방문을 축하하는 잔치를 준비하고 있는 이 토요일 아침에도 아빠는 오빠까지 데리고 어디론지 나가고 없다. 엄마는 이미 며칠 전부터 저녁마다 음식을 많이 만들어 두었고 지금도 부엌 조리대는 수북한 양파, 마늘, 고추, 여러 가지 양념 병, 반짝이는 접시로 빈틈이 없다.

"우리 거의 다 끝났습니다." 큰아버지가 엄마에게 말했다.

"그럼 아미나, 이 장 한 번 더 복습해 보자."

나는 문장의 흐름과 리듬에 좀 더 주의를 기울이면서 전체를 다시 읽었다. '후마자'라고 하는 장인데 반복되는 소리 때문에 외우기가 쉬운 편이다.

"아주 잘했다! 실력이 점점 느는구나."

"이 장의 내용은 뭐예요?"

소리 내어 읽을 때 운율이 참 아름다워서 내용도 그럴 것 같다.

"이 장은 알라께서 남의 뒤에서 중상하고 험구하는 자들에게 보내시는 엄중한 경고다. 그런 죄를 지으면 세상 그 무엇을, 전 재산을 바쳐도 신의 노여움에서 구원받지 못한다는 뜻이야."

"남의 뒤에서 중상하고 험구하는……?"

큰아버지가 모처럼 우르두어가 아닌 영어로 이야기하는데도 나는 잘 이해가 되지 않는다.

"그러니까 당사자가 안 듣는 데서 그의 험담이라든지, 해선 안 될 이야기를 하는 사람들 말이다."

등줄기가 오싹했다.

"이 부분 다시 한번 해 볼까?"

나는 충격에 말이 나오지 않아 고개만 저었다.

'나 벌 받는 건가……?'

큰아버지는 말했다.

"입조심을 해야 하고 오만하게 행동하지 말아야 한다는 걸 일깨워 주는 내용이야."

"그런데 실수로 그런 말을 한 사람은요? 자기도 모르게요……."

나 스스로도 이 질문이 부끄러웠다.

"이해가 안 되는구나. 말을 어떻게 실수로 하지?"

부엌에서 나온 엄마가 내 표정을 보더니 멈추어 섰다.

"무슨 일입니까?"

엄마가 큰아버지에게 물었다.

"아무것도 아닙니다. 코란 한 장의 의미를 아미나한테 얘기해 줬습니다."

"내 잘못 때문에 그래요, 엄마. 내가 에밀리한테 잘못을 했거든요. 에밀리 얘기를 함부로 했고…… 그런 사람은 벌을 받는다는……."

나는 말을 다 하지 못했다.

"잠깐만. 나랑 좀 가자."

엄마가 눈으로 경고를 보내듯 큰아버지를 보며 나를 잡아끌었다. 2층으로 올라가 엄마 아빠의 방으로 날 데리고 간 엄마는 침대에 앉더니 물었다.

"자, 무슨 일이 있었는지 솔직히 얘기해 봐. 큰아버지께서 또 무슨 말씀을 하셨니?"

그때부터 나는 마치 토해 내듯 에밀리, 수진이와 있었던 일들을 얘기했다. 사회 시간에 같은 조가 된 일에서부터 점심시간에 학교 식당에서 일어난 소동까지. 엄마는 귀 기울여 들었다. 몇 번 끼어들어 질문도 하고 좀 천천히 말하라고 달래기도 했다. 다 듣고 난 엄마는 물었다.

"그래서 넌 에밀리 비밀을 일부러 퍼뜨린 거야? 에밀리가 수진이와 친해져서 속상했던 것 갚아 주려고?"

"아니요. 나는 그냥 브래들리한테 짜증이 나서 그랬어요."

"그럼 에밀리를 브래들리나 다른 애들이 놀렸으면 하는 마음이 있었어?"

"아니요."

"그러면 왜 그 비밀을 말했니?"

"그냥 말이 튀어나왔어요. 진짜예요. 아무 생각이 없었어요. 에밀리를 좋아하지는 않지만…… 아니, 전에는 좋아하지 않았지만, 그리고 수진이랑 친구가 돼서 질투하기도 했지만 일부러 상처 주고 싶은 마음은 절대로 없었어요. 그리고 지금은 에밀리가 전과는 다르게 보여요. 그렇게 나쁜 애가 아닌 것 같아요. 사실 에밀리는 꽤…… 좋은 애 같아요."

"난 네 말 믿는다."

엄마는 내가 꼬마였을 때 그랬던 것처럼 얼굴에서 머리카락을 쓸어 넘겨 주고 내 옷깃을 매만져 주었다.

"너는 심술궂은 사람이 아니야, 아미나. 지금까지 그랬던 적도 없고. 이번엔 실수를 한 거야. 누구나 실수를 해."

"네……. 그래도 그 코란 내용은 어떡해요?"

"코란 어떤 내용?"

"후마자 장이요."

엄마는 웃었다.

"그것 때문에 표정이 그랬어? 내용이 좀 센 부분이기는 하지. 그래도 너한테는 해당되는 내용이 아니야, 이 녀석아. 네가 나쁜 마음을 품었거나 일부러 에밀리 소문을 퍼뜨리거나 한 게 아니잖아."

"맞아요."

조금 기분이 나아졌다.

"그런데 이제 어떻게 해야 할지 모르겠어요. 수진이도, 에밀리도 나한테 엄청나게 화가 났어요."

"그냥 용서를 구해야지, 뭐. 신께도 네 친구들에게도."

"이미 그랬어요. 바로 미안하다고 했어요. 그래도 둘 다 아직 저한테 화가 나 있어요. 그때 수진이가 얼마나 분통을 터뜨렸는지 몰라요."

"뭐, 이해가 되는 일이잖아, 안 그래? 만약에 누가 네 비밀을 남한테 말했다면 너도 같은 기분 아니겠어? 어제 학교에서 그 애들 만났을 때는 어땠어?"

"에밀리는 날 무시했어요. 나는 인사를 했는데 못 본 척하더라고요. 그래서 길게 쪽지를 써서 사물함에 넣고 왔어요. 수진이는 미국 시민 선서식 참가한다고 어제 학교에 안 왔고요."

"아, 벌써 그렇게 됐어? 잘됐네. 다음에 수진이네 가족 만나면 축하한다고 해야겠다."

"네."

나는 수진이가 이름을 바꾼다는 이야기는 하지 않았다. 엄마는 그리 반기지 않을 것 같았다. 가족들과 그토록 오래 기다린 중요한 순간을 맞이하고 있는 수진이에게 단짝인 내가 아무 말 할 수 없다는 게 괴롭다. 수진이에게 내가 아직 단짝이긴 하다면 말이다.

"다음 주 우리 이슬람 축제 때 수진이네 다 초대하면 어때? 수진이네 다니는 한인 교회 사람들이 작년에도 같이 왔었지, 아마? 그건 수진이가 그렇게 나쁘게 생각하지 않을 것 같은데. 말릭 이맘이나 네 아빠가 이번 축제도 다양한 종교 사람들이 함께하길 바라기도 하고."

"모르겠어요. 일단 월요일에 학교에서 수진이를 봐야겠죠."

그날의 다툼 이후 수진이, 아니면 수전을 처음으로 다시 만나게 될 일이 생각만 해도 긴장된다. 그리고 엄마에게서 축제 이야기를 들으니 코란 낭송 대회 역시 빠르게 다가오고 있다는 사실이 기억났다. 큰아버지와 함께하는 낭송 연습이 전보다 조금 편해지기는 했어도 난 아직 관중들 앞에서 코란을 낭송할 수 있다는 생각은 들지 않는다. 오늘 의미를 확실히 알게 된 후마자는 대회에서 낭송할 장으로 선택하지 않을 것이 분명하다. 채 마치지도 못할 것이다.

엄마가 연민 어린 눈빛으로 나를 보았다.

"수진이가 진짜 너와 소중한 친구 사이라면, 아마 널 용서해 줄 거야. 너는 그냥 가만히 기다리는 수밖에 없어. 그리고 수진이가 다른 친구를 사귄다는 게 너하고 친구할 마음이 없어졌단 뜻이 아니라는 걸 너는 믿어야 돼. 자, 그럼 이제 부엌 내려와서 엄마 좀 도와줘. 몇 시간 있으면 사람들이 들이닥칠 거야."

19. 마음이 가벼워지는 대화

"아이고, 맛있겠다."

살마 이모가 김이 모락모락 나는 마지막 접시를 식탁에 놓고 뒤로 물러서서, 공들여 차려진 잔칫상을 감탄 어린 눈으로 바라봤다. 우리 집 잔치에 가장 먼저 도착한 게 살마 이모네 가족이었고, 살마 이모는 오자마자 엄마 일을 거들었다. 엄마 앞치마 하나를 두르고 소매를 걷어붙이고 머리를 질끈 틀어 맸다. 살마 이모는 그런 차림을 하면 우리 엄마처럼 내게 이것저것 시킬 자격이 생긴다.

엄마는 말했다.

"그것도 맛있어야 할 텐데. 아미나, 가서 다들 식사하러 오시라고 해 줄래?"

라비야와 나는 식탁으로 오는 모두에게 냅킨을 나누어 주었고 오빠는 탄산음료와 물을 플라스틱 컵에 따라 조리대 위에 준비해 두었다. 부엌으로 들어오는 큰아버지에게 내가 접시를 건네자 큰아버지는 이렇게 말하며 비켜섰다.

"아니다, 나는 나중에. 손님들 먼저 음식 받으시게. 나는 기다리마."

"아니에요, 아주버님은 우리 가족이시기도 하지만 중요한 손님이시기도 해요. 기다리지 마시고 식사하세요."

엄마가 말했다. 아까 2층에서 나와 이야기를 나눈 후, 엄마는 내 안색이 창백해진 원인이 큰아버지일 거라 짐작했던 일을 미안해하고 있다.

마침내 차례가 와서 접시에 밥과 샤미 케밥, 렌틸콩, 버터로 요리한 닭고기를 담은 나는 콜리플라워와 샐러드와 높이 쌓아 둔 난은 건너뛰었다. 내 접시를 조심조심 들고 지하로 내려가자 라비야, 유수프 그리고 다른 아이들이 텔레비전 앞에 자리 잡고 있다.

몇 분 후에 뒤따라 내려온 오빠가 낡아 빠진 소파 위 유수프 옆에 털썩 앉았다. 채널을 하나하나 다 틀어 본 유수프가 오빠에게 말했다.

"재미있는 거 하나도 없네."

"농구 경기 있지 않아?"

오빠가 묻자 라비야가 반발했다.

"싫어!"

그리고 난을 오물오물 먹고 있는 자말이라는 꼬마 남자아이가 의견을 냈다.

"나는 〈스폰지밥〉 보고 싶어."

"그럼 우리 무서운 이야기나 할까?"

유수프가 제안하자 라비야는 극구 반대했다.

"절대로 싫어. 지난번에 무서운 얘기 듣고 나서 나 며칠 동안 무서운 꿈꿨어."

나도 라비야와 같은 입장이다. 유수프는 무서운 이야기를 몸서리나게 잘한다. 유수프에게 들은 가장 무서웠던 이야기는 무덤을 파헤쳐 꺼

낸 시체들에게서 잘려 나간 손 이야기였다. 잘린 시체 손이 살아나 사람들을 홀리고 죽게 만든다는 이야기인데, 난 아직도 무덤 근처를 지나갈 때마다 생각난다.

라비야가 내게 물었다.

"올해 핼러윈 때는 어떤 변장할 거야? 나는 공작새 할 거야. 엄마가 직접 깃털 가지고 커다란 꼬리 만들어 주기로 했어."

수진이와 함께 짠 핼러윈 계획이 떠올라 나는 한숨이 나왔다. '수진이는 아직도 나와 핼러윈을 보내고 싶을까? 아니면 올해는 내가 아닌 다른 아이와 사탕을 받으러 다니고 싶을까?'

"언니는 뭐로 변장할 거냐니까?"

라비야가 다시 물었다.

"모르겠어."

"모른다고? 왜? 늘 수진이 언니랑 같이 재미있는 아이디어 내서 분장했잖아."

"응……. 아마 올해는 케첩이랑 머스터드 병으로 할 것 같아."

내가 웅얼웅얼 대답하자 라비야가 말했다.

"만약 그거 안 하면, 나랑 팀으로 해도 돼. 예를 들면 공작이랑…… 공작이랑 뭐랑 어울리지?"

고민하느라 라비야가 얼굴을 찌푸렸고 유수프는 제안했다.

"닭 어때? 공작이랑 닭."

그리고 오빠도 아이디어를 냈다.

"해적 어때?"

내가 공작과 짝을 이뤄 할 만한 희한한 분장을 다들 돌아가며 외쳤다.

"칫솔 해라, 칫솔!"

자말의 제안에 웃음을 내뱉으며 난 방 안을 둘러보았다. 지난주 그 점심시간 이후 처음으로 내 마음이 좀 가벼워졌다. '이제 수진이와 에밀리 생각은 그만하는 게 좋은지도 몰라.' 나는 한번 상상해 보았다. 내가 수진이와 에밀리 없이 학교생활을 하는 모습을. 그저 공부에만 집중하고 점심은 앨리슨, 마고트와 함께 먹고. 월요일부터 금요일까지의 학교생활은 그렇게 그럭저럭 해낸 다음, 자유 시간은 라비야, 달리아, 그리고 다른 일요 학교 친구들과 함께 보내고. 어쩌면 그것도 가능할 것 같다.

하지만 수진이가 이곳 그린데일로 이사를 온 후 내 학교생활에서 가장 좋은 부분은 수진이었다. 앞으로 우리가 가까운 친구로 지낼 수 없다면 내 하루하루는 우울할 것이고 수진이 없이 중학교를 헤쳐 나가는 방법을 나는 모른다. 다시 사과할 것이다. 내가 진짜 소중한 친구라면 수진이가 용서해 줄 거라고 엄마는 말했다. 그렇게 간단한 일인지는 알 수 없다. 하지만 부디, 엄마 말이 맞았으면 좋겠다.

20. 한밤중에 무슨 일이?

내 방문 밖에서 숨죽여 속삭이는 목소리에 나는 잠에서 깨었다.

"괜찮을 거야. 금방 갔다 올게."

아빠 목소리다. 나는 반대편으로 돌아눕고는 이불을 머리끝까지 당겨 덮었다. 아직 깜깜한 바깥에 새벽이 왔을 리도 없다.

"경찰이 이미 와 있어. 말릭 이맘은 지금 정신이 하나도 없어. 하미드하고 나더러 빨리 좀 와 달래. 일단 당신은 걱정 말고 있어. 상황을 더 알게 되면 내가 전화할 테니까."

'경찰이 와 있다고?' 나는 갑자기 잠이 싹 달아났다. 침대 옆 알람시계에서 붉게 깜박이고 있는 시각은 새벽 4시 27분이다.

"조심해."

아직 잠이 밴 목소리로 엄마가 말했다.

"알았어."

아빠가 카펫 깔린 계단을 내려가는 부드러운 발소리가 들렸다. 뒤를 이어 차고 문이 열리는 소리와 차 시동 소리도 났다.

"엄마?"

나는 침대에서 일어나 살금살금 엄마 아빠 방으로 갔다. 엄마가 북슬북슬한 체크무늬 가운을 입고 긴장한 모습으로 침대 끝에 걸터앉아 있다.

"왜 깼어? 가서 자."

엄마는 아무 일 없는 것처럼 보이려 애썼지만 나는 그게 아닌 걸 알았다.

"무슨 일이에요?"

나는 꼬마 때처럼 붙어 앉아 엄마에게 기대었다.

엄마 얼굴이 창백하다. 나를 쳐다보고 무언가 말하려다가 그저 깊은 한숨만 내뱉는다.

"왜요?"

무서워진 내가 물었다.

"누가 이슬람 센터에 침입을 해서 훼손을 좀 했어. 말릭 이맘한테 전화가 왔어. 네 아빠더러 당장 와 달라고."

저절로 주먹이 쥐어졌다.

"다친 사람 있어요?"

"아니. 사람은 아무도 없을 때 그래서 정말 다행이지."

"일요 학교는 그래도 열려요?"

왜 일요 학교 생각이 먼저 떠올랐는지 모르겠다. 라비야가 독서 감상문을 쓰려고 읽는다던 책을 지하실에 놓고 갔기에 갖다 주어야겠다고 생각했기 때문인지도 모른다.

"아니, 오늘은 일요 학교 없다."

엄마가 침대를 톡톡 두드렸다.

"엄마하고 여기 누울래?"

나는 아빠 자리로 올라가 누웠다. 아빠 스킨 냄새가 희미하게 남아 있는 거기서 나는 얕은 잠이 들었다. 얼마 지나지 않아 엄마가 새벽기도를 하려고 일어났고 큰아버지가 복도 쪽 욕실의 물을 트는 소리도 들렸다. 나는 그제서야 깊은 잠에 빠졌다가 크게 울리는 전화벨 소리에 잠을 깼다.

"여보세요?"

"아미나, 살마 이모다. 엄마는?"

나는 엄마에게 수화기를 건네고 두 사람의 대화를 들었다.

"대강당이 가장 많이 망가졌다고 하더라."

낮게 속삭이는 엄마 목소리가 떨렸다. 2층짜리 이슬람 센터 본관 중 강의, 결혼식, 온갖 파티가 열리는 대강당의 모습이 떠오른다. 1층에는 그 밖에도 작은 부엌과 사무실, 도서관 따위도 있지만 그 장소들이 어떤 상태인지는 엄마도 모른다고 한다. 내가 일요 학교로 대부분의 시간을 보내는 곳은 본관 2층의 교실들이다. 그곳이 낙서로 뒤덮였다고 엄마가 살마 이모에게 말한다.

우리의 아름다운 공간을 누가 왜 망치고 싶었을까? 그렇게 해서 얻는 게 무엇인데?

"가장 심한 데는 모스크래."

엄마가 떨면서 말했다. 본관 옆에 자리한, 금빛 돔 지붕과 미나레트(첨탑)가 있는 모스크가 머릿속에 떠오른다.

"소방차가 제때 도착해 무너지진 않았지만 상태가 아주 안 좋대. 나는 믿어지지가 않아, 살마. 현실이 아닌 것 같아. 다른 지역에서 이런 일 일어난다는 소리를 듣기는 했어도 그린데일에선 절대로 안 일어날 줄 알았어."

두꺼운 이불을 덮고 있는데도 엄마 목소리 속 비통함에 나는 몸이 떨린다.

"가 볼 거야, 살마? 그래, 그래……. 맞다."

엄마는 내 앞으로 손을 뻗어 침대 옆 휴지를 집었다. 그러고는 코를 닦으며 내게 말했다.

"옷 챙겨 입고 오빠 좀 깨워 줘. 같이 거기 가 보자."

21. 믿기지 않는 일

이슬람 센터 입구로 이어지는 길에 늘어선 경찰차를 보자 갑자기 말로 들은 내용이 현실이란 게 실감 나고 그만큼 더 끔찍했다. 두꺼운 재킷을 입고 있지만 쿵쿵거리는 내 심장 소리가 반대편 창가에 앉은 오빠에게도 들릴 것 같다. 큰아버지는 차를 타고 오는 내내 기도 구슬을 달가닥거렸다.

"아빠 저기 계시네."

본관 입구를 엄마가 가리켰다. 텅 빈 새벽 주차장에 차를 세운 우리는 이슬에 젖은 잔디밭을 가로질러 입구 계단에 서 있는 아빠에게 향했다. 전화기에 무언가를 입력하던 아빠는 다가가는 우리를 발견하고 놀랐다. 아무 말 하지 않은 채, 아빠는 오빠와 나를 꼭 끌어안고는 꽤 오래 그렇게 있었다. 슬픔이 그득한 얼굴로 아빠가 마침내 입을 열었다.

"억장이 무너진다……. 우리 인생에서 오랜 세월을 쏟아 부어 지은 곳인데. 처음 내 손으로 직접 페인트칠 했던 벽이 이제는……."

목소리가 갈라지며 아빠는 말을 더 잇지 못했다.

나는 목이 메었다. 이렇게까지 상심한 아빠 표정은 처음 보는 것 같다. 나를 의식했는지 아빠는 나와 눈을 마주치진 않은 채 미소를 지어 보이려 애썼다.

"걱정하지 마라, 기타. 다 괜찮을 거다."

아빠는 내 등을 토닥거리고는 조용히 엄마에게 말했다.

"애들은 집에 놔 두고 오지 그랬어. 여긴 지금 애들 있을 곳이 아니야."

엄마가 눈물에 번들거리는 눈으로 말했다.

"그러네. 그냥 애들을 가까이 두고 싶은 마음에 데려왔는데. 무스타파, 아미나 데리고 차에 가서 기다릴래?"

아무 말 없이 차 키를 받아서 앞장서는 오빠를 나는 뒤따라갔고, 엄마 아빠는 말릭 이맘과 하미드 삼촌을 찾아 모스크로 갔다.

우리는 나란히 차 앞자리에 앉았다. 고작 몇 분 나가 있다 왔는데도 내 청바지에 닿는 의자 가죽이 차갑다. 오빠가 시동을 켜고는 히터와 라디오를 켰다. 따뜻한 공기가 날 향해 불어오는데도 내 이가 딱딱 소리 내며 부딪히는 건 추위 때문이 아닐 것이다. 스피커에서 흘러나오는 경쾌한 대중음악이 어쩐지 불경한 것 같다. 오빠가 라디오를 꺼 버린 후 우리는 말 한마디 없이 기다렸다. 무슨 일이 일어나고 있는지 알고 싶어 수많은 질문이 떠올랐지만 오빠에겐 그 답이 없다는 것을 나는 알고 있다. 오빠 표정을 보면 말을 걸 수가 없기도 하고.

조금 지나 엄마 아빠 모습이 시야에서 완전히 사라지자 오빠는 가만히 있지 못했다. 백미러로 머리 모양을 확인하고 돋아나기 시작하는 턱 여드름 하나를 살펴보는가 싶더니 의자에 푹 눌러 앉아 운전대를 손가락으로 두들겼다.

"더는 못 앉아 있겠다. 어떻게 됐는지 가서 봐야겠어. 너도 갈래?"

"엄마가 여기서 기다리랬잖아."

"그러고 싶으면 그렇게 해."

그 말을 끝으로 오빠는 차에서 훌쩍 나가 버렸다. 나는 서둘러 나가 오빠를 뒤따랐다. 두려움과 긴장이 뒤섞여 심장이 쿵쾅거렸다. 우리는 함께 젖은 잔디밭을 가로질러 본관 계단을 올랐다.

오빠는 대강당으로 이어지는 초록색 문을 당겨 열었다. 나는 마치 잠수하기 직전처럼 큰 숨을 들이쉬고는 천천히 로비로 들어갔다. 작은 소파와 탁자가 소책자와 전단지로 덮여 있고, 의자 몇 개가 평소와 다름없어 보인다. '어쩌면 생각만큼 나쁜 상황은 아닌지도…….' 하지만 로비를 지나 대강당으로 들어섰을 때 나는 놀라 숨이 막혔다.

원래 모습을 알아볼 수 없을 정도다. 가구들이 마치 휩쓸고 들어온 토네이도에 다 휘말렸다가 벽에 내동댕이쳐진 것 같다. 탁자와 의자는 뒤집어져 있고 바닥에는 깨진 액자가 가득하다. 얼마 전에 어느 모로코 화가가 기증한 붓글씨 액자인 걸 알아보겠다. 나무 진열장 두 개는 옆으로 쓰러져 있고 여러 이슬람 국가에서 온 귀한 물건들이 부서지고 흩어져 있다. 몇 주 전에 내가 어린이 책 그림 작가의 강연을 보기도 한 무대의 성서대와 마이크도 부서져 있다.

그 모습을 천천히 둘러보면서 내 마음속 어딘가가 조각조각 부서졌다. 가장 심하게 훼손된 부분은 벽이다. 한때는 크림 같은 흰색이었던 벽이 까만 페인트 스프레이 글씨로 가득하다. 굵고 비뚤비뚤하게, 아무렇게나 갈겨쓴 혐오로 가득찬 말들. '너희 집으로 가!' '이 테러범들아!' 수많은 끔찍한 낙서에 나는 눈을 꾹 감았다. 낙서에 내 마음이 깊게 베였다. 이런 짓을 할 수 있는 사람들에 대한 공포에 사로잡혔다. 나는 어지러워서 오빠를 잡았고 내가 숨을 제대로 쉬지 않고 있었다는 것을 깨달았다.

"괜찮아? 꼭 토할 것 같은 표정인데."

나는 괜찮다며 고개를 끄덕였지만 화장실을 지나 복도를 걸으면서는 오빠 손을 더욱 꽉 붙들었다. 그리고 내가 이슬람 센터에서 가장 좋아하는 곳 중 하나인 작은 도서관을 지나치는데, 책장에서 다 쏟아져 흩어진 책들이 보인다. 그중 많은 책이 찢어져 있다. 나는 몸서리치며 도서관 안을 들여다보았다. 누군가가 코란을 이토록 함부로 다루었다는 사실이 견디기 힘들다. 코란을 열어 책장을 찢어내고 발로 밟은 흔적이 뚜렷하다. 무언가를 중얼거리며 그곳을 둘러보는 오빠의 눈이 평소보다 짙어 보인다.

"나가자. 더는 못 보겠다."

공기 서늘한 바깥으로 나서자마자 우린 둘 다 깊은 숨을 들이쉬었다. 비로소 나는 물었다.

"도대체 누가 이런 짓을 해?"

"누가 알아!"

오빠는 분노에 차 입술을 깨문다.

"차 안에 있으라고 했잖아."

아빠가 건물 옆쪽에서 서둘러 다가오고 있다.

"너무 안 오셔서 걱정이 돼서요."

오빠가 말했다. 이제 보니 오빠는 울지 않으려고 용을 쓰고 있다.

"안에 들어가 봤냐?"

"네. 누가 이랬는지 경찰은 알아요?"

"차에 있으라고 했는데도 나와서는 참……. 그럼 춥기는 해도 우리랑 가서 잠시 기다리자. 그런데 모스크 건물 안으로는 들어가면 안 된다. 알겠냐? 거긴 아직 물바다고 연기 나고 엉망이야……. 경찰이 증거를 채집하는 중이기도 하고."

우리는 고개를 끄덕였다. 본관보다 더 끔찍하게 파괴되었다는 모스크 안을 눈으로 확인하고 싶은 마음 따위는 이제 오빠도 나도 없다.

아빠를 따라가 보니 엄마와 큰아버지가 하미드 삼촌을 비롯해 이곳에 도착한 다른 사람들과 이야기를 나누고 있다. 말릭 이맘은 좀 떨어진 곳에서 경찰관과 기자에게 말을 하고 있다. 어른들이 안에 있을 때 '채널7 뉴스'라고 적힌 승합차가 도착하는 것을 보았다. 말릭 이맘의 갈색 가죽점퍼 밑으로 파란색 체크무늬 잠옷 바지가 보인다. 소식을 듣자마자 집에서 뛰쳐나온 모양이다.

'이렇게 끔찍한 상황이 아니었더라면 오빠와 나는 말릭 이맘의 옷을 보고 웃었을 거야.'

"가자."

지친 엄마는 멍한 표정으로 말했다.

"난 안 믿겨, 이 일이."

나 역시 이 모든 일이 누웠다가 다시 눈을 뜨면 깨어나는 악몽이었으면 좋겠다. 하미드 삼촌은 자꾸 큰 소리로 기침하듯 목에서 소리를 내고 오빠와 내가 온 걸 알아채지도 못하는 것 같다. 처음 보는 모습이다.

"두 건물 복구하려면 돈이 어마어마하게 들 거야. 만약 건물 구조에 손상이 갔으면 더 들겠지."

콧등 위 안경을 올리며 말하는 하미드 삼촌에게 살마 이모는 이렇게 말했다.

"그래도 이 정도라서 다행이야. 마침 차 타고 지나가던 사람이 연기 나는 걸 보고 소방서에 전화해서, 그리고 소방차가 정말 빨리 와 줘서 망정이지 안 그랬으면 전부 불타 무너질 뻔했어."

이번에는 엄마가 말했다.

"그 말이 맞아. 그래서 감사하게 생각하려고 노력을 하는데…… 쉽지 않네. 어떻게 이렇게 폭력적이고 끔찍한 짓을 할 수가 있는 거야? 여태 우리도 똑같이 이 지역 주민이라고 생각하고 살았는데 우리한테 이런 짓을 하고 싶었던 사람이 있었다고 생각하면 참……."

엄마는 나를 내려다보더니 말을 잇지 못했다.

말럭 이맘이 기자와 인터뷰 후 악수를 하고 우리에게로 왔다. 어느새 아주 많은 차들이 주차장으로 들어오고 있다. 나는 차를 돌려 집으로 가라고, 안에 들어가 보지 않는 게 나을 거라고 말해 주고 싶다.

"앗살람왈라이쿰. 악몽 같은 밤이네요."

늘 웃고 다니던 말럭 이맘이 침울한 얼굴을 하고 있다. 엄마가 물었다.

"경찰이 뭐래요? 누가 이랬는지 안대요?"

"전면 조사를 할 거라는데요, 무슨 답이든 얻기까지는 시간이 걸릴 것 같습니다."

"또 오면 어떡해요?"

나는 물었다. 말릭 이맘이 내 어깨를 토닥거리며 말했다.

"걱정 마라. 이 짓을 한 사람들은 수치심을 모르는 겁쟁이들이야. 감히 돌아올 용기 따위 없을 거다. 설사 다시 온다고 해도 우리가 경찰과 협력해서 보안을 강화할 거라 다신 이런 일 일어나지 않아."

오빠가 마치 눈에 뭔가 들어간 것처럼 땅을 보며 말했다.

"그놈들 잡아야 돼요. 이런 짓을 해 놓고 벌도 안 받고 빠져나가게 둘 순 없다고요! 죄값을 받게 해야 돼요⋯⋯."

말릭 이맘이 오빠 어깨에 부드럽게 팔을 두르며 말했다.

"나도 화나긴 마찬가지다. 그렇지만 좀 더 인내심을 갖고 기다려 보자. 어떻게 되는지 지켜보자고. 신의 손에 맡기고, 지금 열심히 조사하고 있는 경찰 손에 맡기자."

엄마가 물었다.

"현실적으로 볼 때, 이슬람 센터를 다시 열기까지 얼마나 걸릴까요? 예측이 되나요?"

"적어도 여러 주 걸릴 겁니다. 여러 달이 될 수도 있고요."

말릭 이맘은 슬픈 얼굴로 고개를 절레절레 흔들었다. 엄마는 말했다.

"축제에 초대한 단체들에 다 연락해서 축제 취소되었다고 알려야겠어요."

'코란 암송 대회가 있었지!' 몇 주 동안 그 대회가 다가오는 것이 얼마나 싫었는지 모르는데, 이렇게 빼앗기고 나니 막상 그 대회를 되찾고 싶어지는 마음이 스스로도 놀랍다. 솜사탕, 덩크 탱크를 잔뜩 기대하던 친구들, 분주히 그날을 준비하던 모든 사람들이 생각난다. 갑자기 사기당한 기분이 들며 화가 난다.

"네, 모두에게 연락을 해 주시면 아주 도움이 되지요. 제가 지금 살펴야 하는 일이 한 가지 줄어드는 셈이기도 하고요."

마치 어깨에 짊어진 짐이 너무 버겁기라도 한 듯 말릭 이맘은 선 자세를 바꾸었다.

"그럼 저는 이만 지금 도착하신 분들께 가 보겠습니다."

말릭 이맘은 한 손을 가슴에 얹었다가 서둘러 자리를 떴다.

오빠와 나는 엄마 아빠가 사람들과 대화를 다 나눌 때까지 기다려야 했다. 내 배에서 요란한 꼬르륵 소리를 듣고서야 나는 우리가 새벽부터 아무것도 먹지 않았다는 것을 깨달았다. 마침내 다시 차를 타러 가면서, 나는 앞서 가던 오빠를 따라잡고 한 팔을 붙들었다.

"뭐?"

오빠는 걸음을 멈추지 않고 물었다.

"나, 코란 낭송 대회 나갈 일 없었으면 좋겠다고 기도했어."

나는 작은 목소리로 말했다. 다른 사람이 듣지 못하게.

"그래서 뭐?"

"……이렇게 됐잖아."

나는 건물 쪽으로 손을 휘둘렀다. 오빠는 콧방귀를 뀌었다.

"아니, 그게 뭐? 넌 그런 말도 안 되는 생각 좀 하지 마. 그게 뭐 그런 식으로 되는 일이냐? 너하고는 아무 상관없는 일이야."

나는 제자리에 서서 눈을 빠르게 깜박거렸다.

"아미나……."

이제는 좀 더 부드러운 목소리를 내며 오빠는 멈추어 섰다.

"네가 그 벽에 페인트 스프레이 뿌리고 건물에 불 냈어?"

나는 고개를 저었다.

"그럼 네 잘못은 없는 거야. 알았어? 사악한 인간들이 한 짓이라고."

"정말 그 사람들 경찰에 잡힐까?"

오빠는 눈빛이 날카로워지며 대답했다.

"잡혀야만 해. 이런 거지 같은 짓을 저질렀는데! 아니, 사람들 모여서 기도하고 공부하는 장소를 깨부수고 싶은 인간은 도대체 어떤 인간이냐?"

나는 그걸 생각하고 싶지 않다. 그들이 누구고, 왜 우리 물건을 부수고 벽을 엉망으로 만들었는지 생각하고 싶지 않다. 내가 기도하는 건 그저 모든 것이 다시 전으로 돌아갈 수 있기를. 지난 밤 끔찍한 일이 일어나기 전으로, 내가 코란 낭송 대회에 안 나가고 싶다고 기도하기 전으로, 큰아버지가 음악에 관해 하는 말을 내가 듣기 전으로, 수진이, 에밀리와의 사이를 내가 다 망쳐 버리기 전으로 부디 돌아갈 수 있기를. 내 가슴을 내내 누르는 것 같던 뭔가가 점점 그 무거워지다가 이제는 천천히 부서지고 있다. 다시는 전과 같은 기분을 느낄 수 없을까 봐 두렵다.

22. 혐오라는 말의 힘

"소리 좀 키워 봐라. 어떤 게 볼륨인지 도저히 모르겠다."

답답한 얼굴로 살마 이모가 오빠에게 리모컨을 건넸다.

나는 소파 위 하미드 삼촌과 엄마 사이에 끼어 앉아, 거실 텔레비전 앞에 모인 모두와 함께 5시 뉴스를 기다리고 있다. 아직 밖은 해가 지지 않았지만 이슬람 센터에서 다사다난한 새벽을 보냈기 때문인지 실제보다 더 어둡게 느껴진다. 우리 집이 이웃과 친구들로 북적거려서 다행이다. 아침에 이슬람 센터에서 집에 돌아온 직후 우리 가족은 마치 백만 년 전처럼 느껴지는 어젯밤 잔치의 남은 음식을 조용히 먹었다. 그러고는 2층으로 올라가 잠을 청했다. 계속 울리는 전화벨을 무시하며 침대에 누워 있는데 새벽에 본 광경이 머릿속에서 자꾸 재생되었다. 벽에 휘갈겨진 '이 테러범들아!', '너희 집으로 가!' 같은 말들이 눈앞에 떠돌고, 두려웠다가 불안했다가 분노가 치밀기도 하는 감정의 홍수 속에서 머릿속이 아득해졌다. '우리 집은 바로 여긴데 도대체 어디로 가라는 거야?'

몇 시간 후에 초인종을 울린 사람은 라비야였다. 흰색 커다란 볼에 호일을 덮어 들고 왔고, 뒤에 선 살마 이모의 손엔 커다란 쟁반이 들려 있었다.

"이거 부엌에 갖다 놔."

내 이마에 입을 맞추고 살마 이모는 말했다. 스트레스가 폭발할 때면 음식을 어마어마하게 많이 만드는 살마 이모의 습관이 기억났다. 볼에는 채소 볶음밥이 가득 담겨 있고 쟁반에 담아 온 건 고기 페이스트리였다.

말릭 이맘도 얼마 후 가족들을 데리고 우리 집으로 왔다. 옷은 아침에 보았던 잠옷 바지가 아니라 청바지였지만 눈은 아침에 본 슬픔과 걱정이 그대로 담겨 있었다. 내가 말릭 이맘의 아기 수마이야를 간지럼 태울 때도 그게 보였다. 수마이야는 간질이는 내 손길에 웃고 소리치고, 내게 안기며 통통한 손가락으로 내 두 뺨을 만졌다. 수마이야에겐 오늘도 여느 날과 다름이 없었다.

어른들은 거실에 둘러앉아 오늘 새벽에 일어난 일에 관해 상세하게 이야기 나누기 시작했다. 기록해 둔 내용을 비교하며 무겁고 진지한 목소리로 대화가 오갔고, 간혹 화가 나서 목소리가 커지는 사람도 있었다. 그러면서 어른들은 오빠와 내가 준비한 차이 차를 마시고 비스킷과 말린 과일, 견과 따위를 입에 넣고 멍하니 우물거렸다. 평소엔 이렇게 모일 때면 나는 오빠와 지하로 내려가 아이들끼리 있지만 오늘은 엄마 아빠와 가까이 있고 싶어 그 주변을 맴돌았다. 어른들이 앉고 남은 의자가 없어서 나는 피아노 의자에 앉았다.

"쉿, 이제 시작한다."

살마 이모가 모두를 조용히 시키고 오빠가 텔레비전 볼륨을 한층 더 높였다. 모두 하던 말을 멈추고 바로 우리가 오늘 아침 현장에서 봤던 금발의 기자를 쳐다보았다.

"지금 우리는 심각한 공공 문화 파괴와 방화가 일어난 밀워키 이슬람 센터 현장에 와 있습니다."

훼손된 본관의 모습이 나오다가 단번에 모스크 내부 모습으로 화면이 바뀌었다. 어째서인지 카메라 렌즈를 통해 보니 더욱 끔찍하고, 그래서 더 비현실적이다. 마치 전쟁 지역의 모습 같다. 놀라 숨을 들이킨 채, 나는 까맣게 타 거의 알아볼 수도 없는 모스크 안을 봤다. 금빛 테두리를 두른 판은 검은 그을음에 덮여 있고 카펫도 새까맣다. 말릭 이맘이 모스크 안을 걸으면서 불에 타 버린 천장을 가리키고 경찰과 이야기를 나누는 장면이 나온다. 그러고는 그 경찰과 기자의 인터뷰가 나온다.

"현재로서는 용의자가 없습니다만, 이 범죄를 저지른 범인을 밝힐 실마리가 되는 어떤 정보라도 있다면 경찰에게 제보해 주시기를 주민들께 부탁드립니다."

경찰은 딱딱하게 서서 카메라 너머의 시청자를 보며 말했다.

기자가 다음으로 이슬람 센터의 역사를 물었고, 말릭 이맘은 떨리는 목소리로 대답을 했다. 그리고 뉴스는 시작할 때처럼 순식간에 끝이 났다. 앵커는 이제 다른 지역에서 연이어 일어난 절도 사건을 보도한다. 오빠는 텔레비전을 껐고 모두는 아무 말 없이 침울한 표정으로 앉아 있을 뿐이다.

"경찰이 조사를 제대로 해 주는 것 같습니다."

고요함을 깨고 큰아버지가 말했다. 나는 큰아버지의 목소리가 들린 것 자체에 놀랐다. 얼굴엔 근심이 역력해도 이번 사건에 관해 말을 거의 하지 않은 큰아버지였기 때문이다.

그러자 이맘이 말했다.

"이 나라엔 이슬람의 적보다 친구가 훨씬 많습니다. 이슬람을 이해 안 된다고 생각하거나, 잘못된 정보로 두려워하는 사람도 있지요. 그렇지만 이번 소식 듣고 제게 전화를 해서 힘을 보태 주는 이 지역 이웃들이 정말로 많습니다."

이번엔 하미드 삼촌이 말했다.

"맞습니다. 이런 일이 일어나기는 해도, 저는 아직 무슬림이 살아가기에 이 나라보다 좋은 곳은 없다고 생각해요."

아빠는 큰아버지가 미국에서의 우리 삶을 아주 못마땅해 할지 모른다고, 우리가 파키스탄으로 돌아가길 바란다고 했었다. 하지만 놀랍게도, 큰아버지는 하미드 삼촌 말에 동의한다는 듯 고개를 끄덕였다. 그리고 말했다.

"여기서 살아가는 데 아주 좋은 점들이 많이 있지요. 방금 하신 말씀이 맞을 수 있다는 생각을 저도 점점 더 하고 있습니다."

이때 내가 몸을 조금 움직이다가 한쪽 팔꿈치로 피아노 건반을 눌렀다. 그렇지 않아도 평소보다 불안하고 신경이 곤두서 있던 모두가 깜짝 놀랐다.

그때 아빠가 말했다.

"피아노 좀 쳐 주지 그러냐, 기타. 들으면 좀 기분이 나아질 것 같은데."

내가 놀란 얼굴로 쳐다보자 아빠가 은근한 표정으로 내게 무슨 신호를 보내는 것 같았다.

나는 조심스럽게 눈을 돌려 큰아버지 반응을 살폈다. 큰아버지는 아무 말 하지 않고 슬며시 미소를 지었다. '아빠가 벌써 약속대로 큰아버지께 음악 이야기를 했나?'

엄마가 거들었다.

"그래, 좀 쳐 줘. 잠시 걱정 다 잊어버리고 음악 듣는 것도 좋지."

나는 돌아앉아 피아노를 마주봤다. 여태 어른들 이야기를 듣고 걱정하며 앉아 있기만 했는데 뭔가 할 수 있는 일이 생겨 기쁘다. 부드러운 피아노 건반에 손가락을 얹자마자 따뜻하고 편안한 느낌이 어깨를 감싸고 팔로 흘렀다. 나는 학원 음악 책에서 요즘 연습하는 곡들을 뒤적이다가 베토벤 소나타 8번을 골랐다. 숨을 한 번 크게 들이쉬고는 연주를 시작했다. 내가 느끼는 감정을 모두 손가락 끝으로 쏟아 보냈다.

처음 몇 마디를 연주했을 때부터 나는 잠시나마 오늘 일을 다 잊고 온전한 내가 된 기분이었다. 나는 마치 듣는 사람 따위 없는 것처럼 피아노를 치며, 그 풍요로운 소리를 햇살처럼 쬐었다. 마지막 음을 치면서야 청중이 있다는 게 다시 생각난 나는 몸을 돌렸다.

아기 수마이야가 이도 안 나고 침이 줄줄 흐르는 입으로 싱글벙글 웃고 소리를 지르고, 커피 탁자에 장난감을 탕탕 두들긴다. 하지만 나머지 사람들의 눈에는 눈물이 맺혀 있다. 큰아버지 눈에도.

23. 절망이 데리고 온 희망

우리 학교 식당이 사람들로 가득하다. 한쪽 끝에 마이크가 세워져 있고, 그 앞에 줄지어 놓인 의자에 사람들이 앉아 있다. 말릭 이맘과 경찰관 한 명이 나란히 서서 차례대로 질문에 대답하고 있다. 아빠와 하미드 삼촌도 앞에 나가 두 사람 뒤에 앉아 있다.

낮에는 결석한 학교를 밤에 와 있는 기분이 이상하다. 엄마는 오늘 아침 여전히 얼빠진 것 같은 나를 보고는 학교를 쉬게 해 주었다. 어젯밤에도 나는 잠을 못 자고 이슬람 센터가 나오는 악몽을 꾸었다. 오빠도 오늘 학교를 쉬었고, 그래서 나와 함께 엄마를 포함한 어른들이 지역 당국자들과 마련한 대책 모임 소식을 퍼뜨리는 일을 도왔다. 그러고 나서 난 텔레비전으로 시트콤 재방송을 세 시간 동안 내리 봤더니 머리가 아팠다. 밤이 온 지금, 나는 〈더 보이스〉 오늘 회를 놓치리란 걸 깨달으면서 내가 응원하는 참가자 하비에르가 다음 라운드로 진출할지 궁금해진다.

이슬람 센터에서 늘 보던 얼굴들이 많다. 달리아와 부모님, 새미네 가족, 나이마 선생님 남편. 그 밖에도 아주 많은 사람들이 왔다. 스티븐스 목사, 와이스 랍비, 지역 당국자들, 우리 교장 선생님, 우리 학교와 다른 학교의 선생님들. 그중에서도 바튼 선생님은 선생님 책상 위 액자 속에서 본 적 있는 남편과 함께 앉아 있다. 빅슬러 선생님과 넬슨 선생님도 보인다. 홀리 선생님도 뒷줄에 앉아 평소의 미소 대신 긴장되고 굳은 표정을 짓고 있다가, 나와 눈이 마주치자 안타까움이 담긴 따뜻한 눈길을 보낸다. 분홍색과 보라색 무늬가 들어간 아프리카식 원피스를 입고 머리에는 옷과 어울리는 천을 두른 우아한 한 여성이 자리에서 일어섰다. 화가 나 몸이 뻣뻣해 보인다.

"우리 센터는 아시다시피 이 지역에서 많은 일을 하는 걸로 알려져 있습니다. 자선 단체와도 협력하고, 무료 진료소도 운영해요. 우리는 사람들을 돕습니다. 그러니까 저는 이해가 안 됩니다. 도대체 왜…… 왜 이런 짓을 우리한테 한 걸까요?"

젠킨스 경관은 긴장되어 보이고 얼굴이 점점 붉어진다.

"현재로서는 단순 혐오로 인한 범행이었을 가능성이 가장 높다고 보고 있습니다. 이 공동체의 특정 인물을 공격하고자 했던 것 같지는 않습니다. 범인은 아마도 모든 이슬람 주민들에게 공포심을 주는 메시지를 보내려 한 것 같습니다."

몇몇 사람들이 동의하는 소리가 들린다.

범인은 성공했다. 나는 공포를 느끼니까.

양복 차림에 머리카락이 희끗희끗한, 좀 더 나이가 많은 한 남자가 다음으로 일어서서 질문했다.

"체포된 사람 있습니까?"

젠킨스 경관은 냅킨으로 눈썹을 훔치며 대답했다.

"없습니다. 현재 주어진 모든 실마리를 가지고 조사 중이고 어떤 소식이 있을 때마다 계속 안내를 하겠습니다."

다시 내 머리가 아프기 시작한다.

"시간상 질문 하나만 더 받겠습니다."

또 올라온 몇몇 손을 보며 말릭 이맘이 말했다. 그러고는 계속 질문 차례를 기다린 새미 엄마를 가리켰다.

"저는 그냥, 이런 일이 또 일어나지 않게 하려면 어떻게 해야 할지 알고 싶어요."

말릭 이맘에게 고갯짓으로 신호를 받은 젠킨스 경관이 대답했다.

"지금 이슬람 센터 보안을 확충하려고 당국 관료들과 함께 의논 중입니다. 좀 더 나은 감시와 경보 체계를 구축할 것입니다. 또 모두가 경계하여 수상한 활동이 있을 때는 바로 신고할 수 있도록 해 주시기 바랍니다."

"네, 그럼 오늘 밤 시간 내어 대화해 주셔서 감사합니다, 젠킨스 경관님. 모두 박수 부탁드리겠습니다."

말릭 이맘의 말에 박수 소리가 나기 시작하는데 젠킨스 경관이 두 손을 들어 올리더니 말했다.

"마지막으로, 밀워키에 사시는 이슬람 주민들께 지금이 아주 끔찍하고 힘든 시기란 것을 저도 잘 알고 있다는 것을 말씀드리고 싶습니다. 경찰 전체를 대표하여 제가 말씀드릴 수 있는 것은, 이 혐오 범죄가 일어나서 우리 모두가 매우 슬프다는 것입니다. 이것은 결코 용납할 수 없는 일이며, 미국답지 않은 일입니다. 앞으로 이와 비슷한 어떤 일도 일어나지 않고 정의가 지켜지도록, 할 수 있는 모든 일을 하겠습니다."

모두의 박수 소리가 점점 커졌다. 말릭 이맘은 말했다.

"이 사건을 수사하고 우리를 안전하게 지키기 위해 애써 주셔서 감사드립니다, 경관님. 그럼 여러분, 모두 조금 더 머무르실 수 있다면 이제 현장 청소, 그리고 우리가 도울 수 있는 방법에 관해서 이야기를 나누면 좋겠습니다."

나는 마침내 졸음이 와 눈을 비볐다. 내 옆자리에 앉은 큰아버지를 보니 고개를 꾸벅이며 졸고 있다. 그때 문 앞에 서 있던 사람들이 옆으로 비키면서 또 한 번 문이 열렸다. 내가 눈을 몇 번이나 껌벅거린 이유는 그 문으로 수진이 어머니가, 바로 뒤따라서는 수진이 아버지와 수진이가 들어왔기 때문이다. 그리고 어떤 키 큰 금발의 남자도 함께 왔다.

문 근처 의자에 앉아 있던 엄마가 재빨리 일어나 인사했다. 엄마는 수진이 어머니, 수진이와 포옹을 나누고 나머지 두 사람과 악수했다. 나는 의자에서 엉덩이를 떼지 못한 채 어찌 할지 고민했다. '수진이가 과연 나와 말을 하고 싶어 할까?' 여전히 갈등하면서 제자리인데, 엄마가 나와 큰아버지에게 오라는 손짓을 했다.

"우리 아미나…… 모스크에 일어난 일 듣고 우리도 참 마음이 아팠다."

다가선 나에게 수진이 어머니가 말했다. 뒤이어 수진이 아버지가 말했다.

"좀 더 일찍 와 돕고 싶었는데 레스토랑 일 때문에 늦었다."

"정말 감사합니다."

나는 두 사람을 차례로 포옹한 후, 이제 수진이에게 무슨 말을, 어떤 행동을 해야 할지 몰라 슬쩍 수진이를 보기만 했다. 그런데 수진이가 먼저 다가오더니 나를 와락, 세게 끌어안았다.

"너 괜찮아? 너무 무서운 일이야. 미쳤어."

수진이가 걱정 가득한 눈으로 말했다.

"응."

한꺼번에 마음이 놓이면서 나는 목이 메었다.

"뉴스에서 봤어. 우리 교회에 이런 일이 생겼다면 어땠을지 상상도 안 돼."

나는 고개를 끄덕였다.

"너한테 전화해서 바로 얘기하고 싶었어."

"전화하지 그랬어."

나는 잠시 답하지 못하다가 이렇게 말했다.

"학교에서 있었던 일들 너무 미안해서. 정말 미안해."

"괜찮아."

수진이는 그 일 생각은 안 하고 싶은 것처럼 고개를 슬며시 저었다.

"안 괜찮아."

나는 내 옷 지퍼를 만지작거렸다. 그리고 내 입에서 말이 터져 나오기 시작했다.

"에밀리 이야기를 그렇게 남한테 함부로 해서는 안 되는 거였어. 내가 그 정도는 생각했어야 하는데, 내가 더 조심했어야 하는……."

수진이가 내 말을 끊었다.

"그만 걱정해. 지금은 그런 거 걱정할 때가 아니잖아."

지금 상황을 의미하듯 손으로 주위를 가리키는 수진이에게 나는 말했다.

"그래도 나는 계속 걱정했어. 이 일로도 힘들었지만 그 걱정도 계속했어."

나는 이제 하지 못한 말을 남겨 둔 채로는 1분도 더 견디기 싫었다.

"네가 나를 다시 믿을 수 있으면 좋겠어."

그러자 잠시 가만히 있던 수진이가 말했다.

"나는 너 믿어, 아미나. 네가 어떤 아이인지 나는 알아. 나도 미안해……. 너한테 막 소리 질러서."

안도감이 밀려와 말조차 나오지 않았다. 나는 그냥 고개만 끄덕였다. 그때, 아까 본 잘생긴 금발 남자가 엄마와 큰아버지에게 차례로 인사하며 자신을 소개했다.

"저는 마크 헬러라고 합니다."

그 남자는 완벽한 치아를 드러내며 미소 지었다.

"도움을 드리고 싶어서 왔어요."

'성이 헬러라고? 그렇다면…….'

"에밀리 아버지세요?"

내가 불쑥 물었다.

"그래, 맞다. 에밀리가 이 소식 듣고 너무 속상해 했어. 어젯밤에 너희

162

와 얼마나 좋은 친구 사이인지를 나한테 얘기해 주더라고. 그래서 오늘 대책 모임 있다는 소식 듣고 퇴근길에 들렀다."

내게 웃어 보이는 그의 눈동자는 에밀리의 눈동자와 똑같은 초록색이다.

"감사합니다."

나는 겨우 나오는 목소리로 고마움을 표했다. '그 일을 겪고도 에밀리는 나와 좋은 친구 사이라고 말해 주었다고?'

"아니다, 이 정도는 해야지. 이번 일은 정말로 충격이다. 이럴 때 우리가 서로 뭉쳐야지."

옳다고 맞장구치는 목소리들이 주변에서 들려왔다. 에밀리 아버지는 우리 엄마를 보며 말했다.

"제가 건설 회사를 운영하고 있습니다. 이슬람 센터 재건을 도와 드리고 싶은데요. 이윤 없이 실경비만 받고 수리를 해 드릴 수 있습니다. 자재비와 인건비만 받고요."

"정말 감사합니다."

내가 끼어들어 말했다. 고마운 마음이 파도처럼 밀려와 눈물이 고였다.

"감사합니다. 너무나 감사한 말씀이네요. 제가 저쪽에 있는 다른 분들께도 소개를 해 드릴게요."

엄마는 눈가의 눈물을 훔치고 활짝 웃는 얼굴로 에밀리 아버지를 말릭 이맘과 아빠에게로 데리고 갔다. 그는 가기 전에 내 어깨에 힘주어 손을 올리며 이렇게 말했다.

"다 괜찮을 거다."

나는 고개를 끄덕였고, 다시 마음을 주체하기 어려웠지만 이번엔 좋은 의미에서였다. 나는 다 듣고 있던 수진이를 벽 근처 빈 의자로 데리고 가 함께 앉았다.

"너 들었지? 나는 에밀리한테 전혀 좋은 애가 아니었는데 이렇게⋯⋯ 에밀리 아버지가 도와주러 오셨어."

"에밀리는 나쁜 애 아니야, 아미나. 내 생각엔 우리가 전에 줄리랑 어울리는 에밀리를 보고 에밀리도 줄리 같을 거라고 단정해 버린 것 같아. 에밀리는 사실⋯⋯."

"알아, 좋은 아이인 거. 내가, 너하고 에밀리가 친구 되는 걸 너무 걱정하다가 그 애가 나랑도 친구 하려고 한다는 걸 깨닫지 못했어."

"괜찮아, 아미나. 에밀리는 지금도 너랑 친구 하고 싶은 것 같으니까."

"나한테 아직도 화났을까?"

"아니. 내가 그 일로 에밀리랑 한 번 더 얘기해 봤어. 네가 남긴 쪽지 봤대. 네가 자기에게 상처 주려 했다거나 그런 것은 아니었다는 거 에밀리도 안대. 에밀리 이젠 괜찮아."

나는 내 친구를 다시 한번 끌어안았다. 여기에 와 준 것이 너무 고맙다. 모임은 마무리가 되어 가고 사람들은 여기저기에 몇 명씩 모여 서서 이야기를 나눈다. 오빠는 유수프와 함께 빈 의자를 쌓고 치운다. 말릭 이맘과 아빠는 에밀리 아버지와 이야기를 나눈다.

'에밀리 아버지 말이 맞을 거야. 다 괜찮을 거야. 인샬라.'

그때 갑자기 생각나 물었다.

"아 참! 그 시민 선서식은 어땠어? 잊고 있었다. 너랑 너희 부모님께 축하 인사도 안 했네."

"진짜 좋았어! 세계 여기저기서 미국으로 이민 온 사람들이 잔뜩 모인 자리였지."

수진이는 그 건물과 선서식의 과정을 설명해 주고는 이렇게 덧붙였다.

"그래서 난 이제 이 나라 정식 시민이야! 우리 몇 주 후에 파티 할 거다."

"그럼…… 이제 너 수전이라고 부를까?"

"음…… 아니, 아직은."

수진이가 조금은 멋쩍은 미소를 지었다.

"식 다 마치고 마지막으로 서류에 서명을 하는데, 이제부터 내가 수진이가 아니라는 게 갑자기 상상이 안 되는 거야. 그때 네가 말한 거랑 비슷하게……."

"잠깐……. 그럼 너 계속 수진이인 거야?"

"일단 지금은. 아직은 내가 수전처럼 느껴지지가 않아."

수진이는 키득키득 웃더니 덧붙였다.

"그래도 앞으로는 모르지. 언젠가 나타샤가 되고 싶을지 누가 알아?"

"아니면 피오나!"

내가 웃으며 제안하자 수진이는 반발했다.

"안 돼, 피오나는 절대 아니야. 그땐 에밀리한테 맞장구쳐 주려고 그냥 좋다고 한 거야. 피오나 공주는 안 해!"

수진이 어머니가 다가와 손을 내밀었다.

"가자, 얘들아. 이렇게 힘든 날을 보냈을 땐 커스터드 아이스크림 좀 먹어 줘야지. 내가 너희 어머니께 우리랑 아이스크림 가게 가는 거 허락 받았어, 아미나."

'아, 좋아!' 나는 수진이 어머니의 손을 잡았고 뒤따라오는 수진이를 끌어당겼다. 내가 좋아하는 토핑을 잔뜩 올린 그 부드러운 디저트도 사랑하지만, 내 단짝 친구와 다시 함께 시간을 보내는 것은 더 좋다. 완벽한 외출이 될 것이다.

24. 코란 낭송 대회

공간이 아주 넓고, 사선으로 기울어진 높디높은 천장이 있고, 지붕의 나무 뼈대가 훤히 보이는 이곳에 있으니 꼭 거대한 헛간에 들어온 기분이다. 한쪽 끝에 있는 작은 무대에는 아주 큰 금빛 십자가가 있고 그 양 옆에 손수 만든 색색의 퀼트가 걸려 있다. 무대에는 성서대가 있고 그 양쪽에는 화분에 심긴 커다란 나무가 각기 한 그루씩, 앞에는 분홍색과 흰색 장미로 된 커다란 부케가 있다. 길고 높은 창문으로 들어오는 햇살이 반짝반짝 윤기가 나는 긴 교회 의자에 네모 빛을 드리운다.

심장이 요동쳤지만 나는 깊이 숨을 들이마시고 떨리는 것을 숨기려 애쓰며 말릭 이맘이 서 있는 무대를 향해 계단을 올랐다. 말릭 이맘은 격려가 담긴 눈빛으로 내게 고개를 한 번 끄덕이고 옆으로 물러섰고, 나는 마침내 성서대 뒤에 섰다. 우선 설치된 마이크가 내게 너무 높아서 내 입 높이에 맞게 낮추었다. '후……. 숨 쉬는 거 잊지 말자.'

그리고 내 앞에 앉은 많은 관중을 한번 슬쩍 쳐다볼 용기가 났다.

사람들 얼굴로 이곳이 가득 찼다. 대부분은 내가 아는 얼굴이다. 엄마 아빠, 오빠, 큰아버지가 한쪽에 라비야네 가족과 함께 앉아 있다. 그 뒤에는 나이마 선생님 가족이 있고, 그 앞에는 미소를 보내고 있는 수진이와 수진이네 가족이 있다. 수진이 옆에 앉은 에밀리와 에밀리 부모님도 보인다.

나는 미소를 지었고, 내가 직접 타자를 쳐서 출력한 종이를 펼치며 덜덜 떨리는 손을 애써 무시했다. 그러다 마침내 가만히 있으라는 뇌의 명령이 손에 전달되자 그때부턴 다리가 떨리기 시작했다. 그래도 뭐 다리는 성서대에 가려져 사람들에게 안 보이니까 상관없다. '할 수 있어, 아미나. 긴장 풀자.'

"앗살람왈라이쿰. 제 이름은 아미나 코카르입니다. 오늘 저는 코란에서 파티하 장을 낭송하겠습니다. 그런데 먼저 오늘의 코란 낭송 대회를 이곳 밀워키 중앙 장로교회에서 열 수 있도록 주도해 주신 제 친구 박수진과 박수진의 부모님께 고맙다는 인사를 하고 싶습니다."

모두가 수진이네 가족에게 박수를 쳤고, 수진이 부모님은 고개 숙여 인사로 답했다. 수진이 가족이 다니는 교회에서 코란 낭송 대회를 열면 어떨까, 하는 생각이 내 머릿속에 떠오른 건 지금으로부터 겨우 2주 전이다. 내 생각을 들은 수진이는 아주 좋은 생각이라면서 교회 운영 위원회에 소속된 부모님에게 도와 달라고 부탁했다. 수진이네 교회 운영 위원회는 압도적 찬성표로 승낙했을 뿐 아니라 우승자에게 주는 대학 장학금에 돈을 보태 주기까지 했다.

말릭 이맘은 대회를 진행해 달라는 제안을 흔쾌히 수락했다. 그리고 수진이네 교회 잔디밭에 다양한 종교인을 다 초대하는 축제를 열고, 그 축제에서 이슬람 센터 재건을 위한 기금을 모금하기로 결정되었다. 에밀리 아버지가 모스크 재건을 위한 노력을 주도하고 있기는 하지만 이슬람 센터가 다시 문을 열려면 몇 개월은 걸린다고 했다. 우리 학교도 축제 준비를 도왔는데 홀리 선생님이 주도했다. 선생님은 학생들과 이 지역 유대교 회당, 에밀리네 교회의 자원봉사자들이 함께하는 준비 위원회를 만들었고, 한 음악 학원에 부탁해 야외무대도 설치했다. 그 무대에서 우리 학교 합주단과 합창단의 겨울 음악회도 의상을 입고 사전 공연을 해 보기로 했다. 선생님은 우리 반 아이들에게 이렇게 말했다.

"관객 앞에서 공연할 기회가 있으면 언제나 잡아야지."

그리고 그로부터 겨우 2주가 지난 지금, 모든 것이 준비된 그날이 이 아름답고 선선하고 화창한 11월의 오후에 펼쳐지려 한다.

스피커로 내 목소리가 나오는데 내 목소리 같지가 않다. 낭송 대회에 참가하는 15명의 학생 중 내가 첫 번째 주자다. 대회에 나온 세 곳의 이슬람 학교에서 각기 다섯 명의 참가자를 내보냈다. 일주일 전, 나는 군중 앞에서 말을 할 때 내가 얼마나 심한 긴장을 하는지를 말릭 이맘에게 처음으로 털어놓았다.

"혹시 그거 존 핸콕 사건하고 관련 있어?"

미소를 지으며 이맘이 물었다.

"네……. 저 어떡하죠?"

"네가 낭송을 제일 첫 순서로 하면 어떨까?"

"네? 제일 먼저요? 그게 무슨 도움이 되는데요?"

"그렇게 하면 네가 순서 다가오길 기다리면서 다른 아이들 낭송하는 걸 듣고 있지 않아도 되잖아."

그리고 말릭 이맘은 내게 코란 맨 앞 장을 낭송하는 것이 좋겠다고 권했다. 그건 내가 꼬마 때부터 알던 내용이기도 하고, 평소 기도를 할 때마다 제일 먼저 읊는 부분이니까 설사 사람들 앞에서 긴장이 되어도 잊어버리지는 않을 것이라면서 말이다.

　"사실 나 말이다, 아직도 사람들 앞에서 말할 때마다 상당히 긴장해."

　말릭 이맘이 놀라운 고백을 했다.

　"네? 늘 사람들 앞에서 말하시잖아요."

　금요일마다 설교를 하고 일요일마다 모두 앞에서 말하고, 정기적으로 강연도 하는 말릭 이맘인데……. 많은 청중 앞에서 이야기를 할 때마다 여유로워 보였는데. 좋아하는 일인 것 같았는데.

　"그렇지. 그런데도 말이야, 매번 말을 시작할 때마다 손바닥에 땀이 나고 초조해지기 시작해. 그런데 요령이 생겨서 그 초조함이 곧 지나가. 일단 말을 시작하고 나면 긴장할 이유가 없다는 것이 느껴지거든."

　무대에 서서 목이 마르는 것을 느끼며 나는 우리 공동체를 도우려고 힘을 모아 준 모든 사람들의 얼굴을 찬찬히 보았다. '초조함은 지나갈 거야.' 수진이네 가족을 향한 박수가 잦아들기를 나는 기다렸다.

　"첫째 장, 파티하."

　꼬맹이 때 단어로만 말하던 시절을 졸업하고 문장으로 말할 수 있게 되자마자 익힌 그 구절을 나는 낭송하기 시작했다. 살면서 몇 천 번도 더 읊어 보았을 구절이지만 지난 한 주 큰아버지의 도움을 받아 한 글자 한 글자를 코란 발음 규칙에 맞게 연습했다. 나는 쥐고 있는 종이 위 그 아랍어 글자들이 내 피아노 악보 음표라고 상상했다. 내 목소리는 그 글자와 모음과 기호들을 따라 소리를 내는 건반인 셈이다. 내 성대를 악기 삼아 나는 미끄러져 나아갔다. 처음에는 조금 떨었지만 해 나갈수록 힘이 생겼다. 신의 선물과 가호를 찬미하고 신의 길잡이로 모든 어려움을 이겨내고자 하는 그 문장들의 의미를 생각했다.

"아민."

낭송을 마친 나는 박수 속에서 **빠르게** 무대에서 내려와 수진이와 에밀리 사이 내 자리에 앉았다. 뒤쪽 줄에 앉은 홀리 선생님과 눈이 마주치자, 선생님이 내게 커다랗게 오케이 신호를 보냈다.

에밀리가 속삭였다.

"잘했어. 정말 멋지더라."

두 눈이 반짝이는 에밀리에게 미소를 지으며, 나는 에밀리를 내 친구로 생각하는 일이 이토록 자연스럽다는 것에 놀랐다. 우리 학교 식당에서 대책 모임이 열리고 에밀리 아버지가 큰 도움을 제안했던 다음 날, 학교에 일찍 등교한 나는 일과를 시작하는 종이 울리기 전에 강당에서 에밀리를 만났다. 집에서 연습한 긴 사과를 할 틈도 없었다. 에밀리는 나를 보자마자 수진이가 그랬던 것처럼 나를 안아 주기부터 했으니까. 그리고 이슬람 센터에서 일어난 일로 너무 마음 아프다고 했다. 에밀리는 저스틴이나 브래들리 일, 내가 에밀리의 비밀을 발설해서 미안한 것 따위에 관해선 이야기 나누려 하지도 않았다. 그건 다 지나간 일이었다. 나는 내가 한 일에 여전히 죄책감을 느꼈지만, 나에 대한 친구의 믿음을 다신 배신하지 않겠다는 다짐으로 마음의 나머지 부분을 채웠다.

낭송 대회의 다음 참가자는 기껏해야 여덟아홉 살 정도 되어 보이는 조그만 남자아이로, 말끔한 나비넥타이에 이마와 눈을 덮는 머리 모양을 했다. 아이는 당차게 무대로 올라갔다. 코란의 짧은 장 하나를 낭송하는 목소리가 어쩌나 힘찬지 나는 놀라고 말았다. 끝난 후에 아이는 허리를 푹 숙여 인사했다. 다음은 우리 오빠 차례다. 오빠가 이렇게 차려입은 모습을 본 것이 얼마만인지. 황갈색 정장 바지에 고동색 셔츠 차림이 멋져 보인다. 머리는 젤을 발라 세련되게 헝클어트렸고 면도도 했다. 속삭이는 여자아이들 목소리가 좀 들리는데 어쩌면 이번에도 오빠가 귀엽다는 이야기를 하는 건지도 모르겠다.

오빠는 내가 모르는 장을 낭송했다. 일요 학교 수업을 빼 먹다가 걸린 날 말릭 이맘에게 한 약속대로 오빠는 코란 낭송 대회 준비를 좀 더 진지하게 했다. 내가 잠자리에 든 후 큰아버지와 낭송 연습을 한참 더 한 것도 여러 밤이었다.

그런데 오빠의 낭송은 꼭 큰아버지가 청년으로 돌아가서 하는 낭송 같다. 이럴 수가. 또렷하고 안정적이고, 서정적 음률이 있는 오빠의 낭송 소리가 교회에 울려 퍼지자 나는 소름이 돋았다. 오빠가 낭송을 시작하자마자 내 입이 실제로 떡 벌어졌다는 것을 깨달은 나는 오빠가 날 보고 웃음이 터지면 안 되니까 얼른 입을 다물고, 미끄러지듯 나아가는 오빠의 낭송을 들었다. 오빠는 평화로운 표정을 하고 앞에 펼쳐 둔 책은 가끔씩만 흘긋 봤다.

오빠는 내 귀에 들리게 노래를 한 적이 없다. 단 한 번도. 그리고 작
년에 중고 기타를 사기는 했지만 코드 한 개를 띠링띠링거리며 멋있는
척하려는 장식용에 가까웠다. 그래서 난 우리 남매 중 음악에 소질이 있
는 건 나뿐인 줄 알았다. 틀린 생각이었다.

"마샬라······."

내 뒷줄에 앉은 아빠가 작은 소리로 내뱉었다. 신의 이름으로 칭찬을
할 때 쓰는 말이다.

오빠의 낭송 막바지에 나오는 용서와 신의 자비에 관한 구절이 내게
도 낯익다. 오빠가 낭송을 마치고 가볍게 허리 숙여 인사하자 교회 안
에 우레 같은 박수가 터져 나온다. 그중 제일 세게 박수를 치는 사람이
나일 것이다. '내가 오빠 다음 차례가 아니어서 정말 다행이야.'

마지막 참가자는 셰보이건에서 온 열네 살 여자아이로, 코란 가장 뒤
에 나오는 장들을 무척 능숙하게 낭송했다. 그 후 모두는 각각의 학교
에서 온 심사위원들이 수상자를 결정하기를 기다렸다. 교회 안에 초조
한 긴장감이 감돌았다. 그리고 마침내 다시 무대로 달려오는 말릭 이맘
의 표정은 놀라고도 들떠 있다. 말릭 이맘이 먼저 발표한 3위와 2위 수
상자는 다른 학교의 참가자들로, 치아 교정을 한 키 큰 여자아이와 목
소리 큰 나비넥타이 소년이었다. 그리고 1등 발표 순서······. 나는 숨을
죽이고 귀를 기울였다.

"1등은 바로 우리의······ 무스타파 코카르입니다."

몸을 돌려 뒤를 보니 진심으로 놀란 듯 고개를 든 오빠와, 오빠의 어

깨를 세게 두드리는 아빠가 보인다. 나는 오빠에게 웃어 보였고, 오빠는 무슨 일이 일어났는지가 천천히 실감나는 듯 환히 웃어 보였다. 내게 윙크를 한 오빠는 믿기지 않는다는 듯 절레절레 고개를 저으며 무대로 나갔다. 오빠가 말릭 이맘과 악수를 하고 위에 펼쳐진 책이 있는 커다란 금색 트로피를 받는 모습을 보며 내 마음이 자랑스러움으로 부풀었다. 오빠는 놀이공원 입장권을 받았고, 그 봉투를 들어 올리며 마이크로 고개를 숙여 감사하다고 말했다. 하지만 그때 말릭 이맘이 또 하나의 상품, 대학 장학금을 건넸고 오빠는 또 한 번 몸을 숙여 마이크에 입을 댔다.

"이 돈 일부를 기부해서, 이슬람 센터가 새로 열리면 그때 어린이 농구팀을 만드는 데 쓰고 싶습니다."

교회 안에 환호가 터졌다. 오빠는 더 붉어진 얼굴로 모두에게 진정하라는 손짓을 하며 빠르게 말을 이었다.

"필요한 도구를 구입하는 데 쓰겠습니다. 그런데 일 고등학교 농구부 동료 몇 명이 저를 도와서 같이 코치를 해 줄 거예요."

말을 하면 할수록 오빠는 더욱 당당하고 자기 확신을 느끼는 것 같다. 오빠가 이끄는 어린이 농구팀은 분명 아주 잘될 것이다.

25. 변화는 오고 만다

"자, 덤벼라! 실력껏 던져 봐! 그래 봤자…….."

풍덩! 앉아 있던 조그만 의자가 무너지면서 말릭 이맘이 작은 물탱크 속으로 빠졌다. 고무 잠수복을 입고 잠수용 물안경도 썼지만 물 위로 올라온 말릭 이맘은 물을 뿜더니 몸을 떨었고 새미는 옆에서 키득거리고 춤을 추며 약을 올렸다.

"헤헤! 저한테 당하셨어요!"

"너희 이맘 진짜 좋다."

소리 내어 웃다가 이렇게 말한 것은 라비야와 달리아 옆에 선 수진이다.

"그래, 이렇게 좋은 공동체에 속해 있으니까 넌 진짜 행운아야." 이번엔 에밀리가 말했다.

"너희도 마찬가지지."

나는 이곳을 찾아 준 다양한 종교 공동체의 사람들을 둘러보며 말했다. 넓은 교회 잔디밭에서 펼쳐지는 축제에서 낯익은 부모님들과 친구들이 운영하는 여러 부스가 보인다. 저스틴은 어머니와 함께 콩주머니 던지는 놀이를 운영하고 있다. 농구 슛 게임을 한 사람들에게 상품을 나눠주는 브래들리도 보인다.

오빠와 유수프, 아빠가 나란히 수진이네 새 푸드 트럭에 서서 종이 접시에 수북히 채운 수진이네 레스토랑 불고기를 먹고 있다. 수진이 아버지는 두 보조 조리사와 함께 음식을 하는데도 길게 줄 선 손님들에게 계속 음식을 내느라 진땀을 빼는 것 같다. 축제의 음식 코너에 사모사와 케밥 말이 등을 파는 자주 보던 노점상이 보이고, 큰 솜사탕 기계도 보인다. 긴 탁자에서는 부모님 몇 명이 서서 집에서 만들어 온 간식을 팔고 있는데, 그중엔 땅콩버터 쿠키를 사람들에게 건네는 에밀리의 어머니도 있다.

큰아버지가 보인다. 케밥 말이는 먹지 않고 커다란 치즈 버거를 베어 물고 있다. 오빠는 마침내 큰아버지가 미국 음식을 좋아하도록 만드는 데 성공해, 지난 몇 주 동안 큰아버지와 오빠 둘이 몇 번 밤늦게 피자를 먹었다. 오늘 코란 낭송 대회가 끝났을 때, 엄마 아빠와 함께 총총히 다가온 큰아버지는 우리 둘을 꽉 안아 주었다. 눈가에는 평소보다 주름이 더 잡힌 채 이렇게 말했다.

"정말 자랑스럽다."

그때 엄마가 얼른 말했다.

"힘들게 너희 연습 도와주셔서 감사하다고 인사했어?"

"인사는 무슨. 애들이 저한테 배운 것만큼 저도 애들한테 많이 배웠습니다."

큰아버지는 한 팔을 아빠에게 두르더니 아빠를 보며 말했다.

"너하고 제수씨, 아이들을 참 훌륭하게 키웠구나."

그 말에 아빠는 좀 더 꼿꼿이 서 키가 커졌고 나는 그 칭찬이 아빠에게 어떤 의미인지를 잘 알고 있었다.

음식 코너 맞은편에 설치된 큰 야외무대에서는 그린데일 고등학교 재즈밴드가 연주하는 익숙한 명곡들이 축제에 울려 퍼진다. 그러고 보니 오빠 친구 중 한 명이 알토 색소폰을 불고 있고 오빠네 농구부원 중 한 명이 베이스기타를 치고 있다. 홀리 선생님은 무대 옆에 서서 그 학교 합주단 선생님과 이야기를 나누고 있다. 다음 차례로 우리 학교 1학년 아이들이 〈과거에서 불어온 바람〉 리허설을 할 것이다. 잔디밭 곳곳에서 까만색으로 통일한 여러 바지와 흰색으로 통일한 여러 상의를 입은 합주단과 합창단이 보인다. 저스틴은 까만 운동복 바지를 입었고 위에 입은 흰 운동복 티셔츠는 이미 잔디의 풀물이 얼룩덜룩 들었다.

"가자."

수진이가 내 손을 잡아끌었다.

"이제 풍선 집 줄 별로 안 기네. 리허설 시간 되기 전에 들어갔다 나오자."

나는 에밀리, 라비야, 달리아에게도 손짓했고 우리는 함께 거대한 풍선 궁전으로 달렸다. 친구들이 신발을 벗어던질 때, 나는 갑자기 멈추어서 생각한 후 말했다.

"너희 먼저 놀고 있어. 나 금방 올게."

그리고 나는 홀리 선생님에게로 달려갔다. 자신의 귓가에 속삭이는 내 말에 선생님은 세차게 고개를 끄덕였다.

나는 다시 풍선 집으로 달려와 안으로 뛰어들었다. 이렇게 가벼운 기분을 느껴 본 것이 얼마만인지 모르겠다고 생각하며 팡팡 뛰어올랐다. 수진이는 공중에서 무용할 때처럼 빙그르르 돌기도 하고 재주넘기도 했다. 라비야는 발레리나처럼 앞뒤로 다리 뻗기를 시도했지만 내 위로 넘어져서 나까지 넘어뜨렸다.

"시간 된 것 같아. 가자. 난 클라리넷도 가지러 가야 돼."

에밀리가 웅웅거리는 공기펌프 소리 너머 안내 방송에 귀를 기울이며 말했다. 에밀리는 밖으로 나가 레깅스 위에 입은 흰 스웨터 원피스를 매만지고 머리띠도 고쳐 썼다. 까만 플랫슈즈에 발을 넣은 수진이는 나를 보았다.

"왜 그래? 사람들 앞에서 피아노 쳐야 돼서 긴장돼?"

"아니, 괜찮아."

나는 자면서도 칠 수 있을 만큼 연습을 했다.

홀리 선생님이 청중들에게 우리 학년을 소개하고 공연 내용을 소개하는 동안 우리는 무대로 다가갔다. 단상으로 올라가 피아노 의자에 앉은 나는 손가락을 건반에 올리자마자 긴장이 풀렸다. 홀리 선생님의 신호를 받아 나는 메들리 반주를 연주했고, 그에 맞추어 합창단이 노래를 불렀다. 1960년대 곡들이 시작되었을 때 나는 아빠도 따라 부르고 있을까 궁금해졌다. 그리고 1970년대 노래들을 절반쯤 연주했을 때, 스윽 다가온 홀리 선생님이 내 옆에 앉아서 내 대신 연주를 시작했고, 나는 재빨리 일어났다. 나는 무대 가운데로 가서 스탠드에 꽂힌 마이크를 빼 들었다.

청중들을 내려다보는데 얼굴들이 다 흐릿하게 보인다. 그래서 내 얼굴에 닿는 서늘한 바람에, 높게 펼쳐진 밝고 파란 하늘에 집중했다. 그리고 내 시선을 고정할 곳으로 구름 한 조각을 골랐다. 홀리 선생님이 첫 음을 치자 나는 떨리는 내 다리를 무시하고 목소리를 냈다. 부드럽고 또렷하게 내 첫 독창곡을 노래하는 내 목소리가 들린다.

"나는 강가 작은 천막에서 태어났네……."

약간의 박수와 환호가 들려온다. 나는 숨을 크게 들이쉬고 조금 더 크게 노래를 불렀다.

"마치 그 강처럼 흘러흘러 왔네……."

이제 내 다리의 떨림이 덜해졌고, 나는 음악에 맞추어 조금씩 몸을 흔들기 시작한다.

"오랜 세월, 참 긴 세월 지났다오……."

이제 내 앞 사람들의 얼굴이 한 명씩 또렷이 눈에 들어오기 시작한다. 엄마, 아빠, 오빠, 그리고 큰아버지가 모두 싱글벙글 웃고 라비야는 휘파람을 부느라 난리다. 갑자기 행복이 차오른 나는 온 힘을 다해 큰 소리로 노래를 불렀다. 진실임을 아는 그 노랫말을.

"하지만 나는 아네, 변화가 다가오는걸. 변화가 오고 마는걸."

그리고 나는 그 변화를 맞이할 준비가 되었다.

나의 목소리가 들려

초판 인쇄 2019년 7월 22일
초판 발행 2019년 7월 22일

지은이 헤나 칸 옮긴이 강나은
펴낸이 남영하
편집 김영아 한경애 디자인 박규리 신진하 마케팅 오다은

종이 세종페이퍼 인쇄 미광원색사 제본 정성문화사

펴낸곳 ㈜씨드북 등록 제2012-000402호
주소 03997 서울시 마포구 월드컵로16길 52-23
전화 02) 739-1666 팩스 0303) 0947-4884
홈페이지 www.seedbook.kr 전자우편 seedbook009@naver.com
인스타그램 instagram.com/seedbook_publisher
페이스북 facebook.com/seedbook.kr

ISBN 979-11-6051-287-8(43840)

이 도서의 국립중앙도서관 출판예정도서목록(CIP)은 서지정보유통지원시스템 홈페이지(http://seoji.nl.go.kr)와
국가자료공동목록시스템(http://www.nl.go.kr/kolisnet)에서 이용하실 수 있습니다.
(CIP제어번호:2019022389)